Arena-Taschenbuch
Band 50577

Weitere Thriller von Krystyna Kuhn im Arena-Taschenbuch:
Schneewittchenfalle (Band 50576)
Märchenmord (Band 50578)
Aschenputtelfluch (Band 50579)

Alle Titel sind als Hörbuch bei Arena Audio erschienen.

Krystyna Kuhns Tal-Reihe umfasst folgende Titel:
Season 1 (1) – Das Spiel
Season 1 (2) – Die Katastrophe
Season 1 (3) – Der Sturm
Season 1 (4) – Die Prophezeiung
Season 2 (1) – Der Fluch
Season 2 (2) – Das Erbe
Season 2 (3) – Die Jagd
Season 2 (4) – Die Entscheidung

Krystyna Kuhn
wurde 1960 als siebtes von acht Kindern in Würzburg geboren. Sie studierte Slawistik, Germanistik und Kunstgeschichte und arbeitete als Redakteurin. Seit 1998 ist sie freischaffende Autorin und schreibt mit großem Erfolg Thriller. Ihre Romane bei Arena wie *»Schneewittchenfalle«* oder *»Dornröschengift«* wurden allesamt zu Bestsellern. Und die Mysterythriller um *»Das Tal«* haben sich zu einem echten Kult entwickelt. Krystyna Kuhn lebt mit ihrer Familie in der Nähe von Frankfurt.

Krystyna Kuhn

Dornröschengift

Arena

MIX
Papier aus verantwortungsvollen Quellen
FSC® C110508
FSC
www.fsc.org

1. Auflage als Sonderausgabe im Arena-Taschenbuch 2013

Covergestaltung: Frauke Schneider
Umschlagtypografie: knaus. büro für konzeptionelle und visuelle identitäten, Würzburg
Gesamtherstellung: Westermann Druck Zwickau GmbH
ISSN 0518-4002
ISBN 978-3-401-50577-0

www.arena-verlag.de
www.arena-thriller.de
www.facebook.com/arenathriller
Mitreden unter forum.arena-verlag.de

Für meine Nichte Vera Kuhn

»Und der Wind legte sich und auf den Bäumen
regte sich kein Blättchen mehr.«

Dornröschen, Gebrüder Grimm

Die Nacht danach
Nacht vom 29. April zum 30. April

Bist du jetzt bereit?«, fragte er.
»Ja, ich bin bereit, denn in deinen Armen zu sterben, bedeutet, ewig zu leben.«
»So sei es.«
Lisa nahm den Becher und trank ihn in einem Zug leer.
»Das ist der erste Schritt in deine neue Existenz«, erklärte er. »Wirf die alte von dir und überschreite die Grenze. Die Wirklichkeit ist das, was du dir erschaffst, und nicht die Welt der anderen, die keine Träume kennen. Deine Reise beginnt in diesem Augenblick.«
Fast hätte Lisa bei diesen Worten zu kichern begonnen, denn war nicht alles im Grunde nur ein lächerliches Spiel? Fantastereien? Sie erinnerte sich wieder an das erste Gebot: »Vertraue deiner Fantasie, misstraue dem Verstand.«
»Jetzt erhebe dich!«, befahl er.
Sie folgte ihm unsicher, es tat weh, mit den bloßen Sohlen auf dem steinigen Boden aufzutreten. Andererseits gefiel ihr, wie der Stoff des Kleides ihre Beine umschloss, wie er im Wind wehte.
»Wohin gehen wir?«, fragte sie zögernd.
»Vertraue mir.«
Ja, sie wollte ihm vertrauen. Unbedingt!

Ach, er lächelte so wunderschön. Wie alles an ihm einfach schön war – die blauen Augen, seine gebräunte Haut, die Form seiner Hände – und nicht zuletzt, wie er sich bewegte, wie er sprach.

Wenn sie nur nicht so müde gewesen wäre. Dies hier war die Nacht, nach der sie sich schon so lange gesehnt hatte, und sie war so erschöpft. Ihre Füße waren eiskalt, ihre Haare feucht vom Nebel.

Sie stolperte. Warum gehorchten ihr die Beine nicht mehr, klopften ihr Kopf so heftig und ihr Herz – als hielte sie es in ihrer eigenen Hand, so deutlich fühlte sie es pochen?

»Ich kann nicht mehr«, stöhnte sie. Sie blieb stehen, hatte das Gefühl, keine Luft mehr zu bekommen.

»Die Prüfung ist noch nicht zu Ende«, erklang seine Stimme weit entfernt.

Sie hörte den Wind mehr, als sie ihn spürte. Er strich sanft über die Wipfel der kahlen Bäume, während er unbarmherzig aufheulte.

Die Prüfung, dachte sie zitternd. Ja. Aber später. Jetzt friere ich, mir ist übel.

»Ich will nach Hause«, jammerte sie.

»Es gibt kein Zurück!«

Seine Stimme klang nun ganz anders: ungeduldig und gereizt. Angst kroch in ihr hoch.

Hatte Frau Mader ihnen nicht immer wieder Vorträge gehalten, nichts zu tun, rein gar nichts, was sie nicht selbst wollten?

Aber sie wollte es ja.

Sie erwachte ohne Bewusstsein dessen, was passiert war.

Wie viel Zeit war verstrichen?

Stunden, Jahre, Sekunden?

Oh, wie müde sie sich fühlte.

Schrecklich müde.
Blei in den Armen.
Blei in den Beinen.
Sie erinnerte sich nur noch, dass sie gefallen war.
Ein Bild schob sich vor ihre Wahrnehmung, es war sie selbst, sie stolperte in dem engen Kleid durch das Gestrüpp. Ja. Ihr war kalt gewesen, so kalt, die nackten Arme und bloßen Füße wie von einer feinen Eisschicht überzogen.
Aber jetzt war das Zittern verschwunden. Ihr Körper fühlte sich geradezu weich an. Wie aus Watte und ihr Kopf – er schwebte in der Luft. Sie konnte sehen, wie ein kräftiger Windstoß ihn nach oben trieb und er leicht über die Bäume davonsegelte.
Ein riesiger gelber Luftballon in der Dunkelheit.
Sie lachte.
So ein Unsinn!
Es war ja nur der Vollmond, der dort oben durch den Nebel schien.
»Was ist nur los mit mir?«, fragte sie laut und bemerkte zu ihrem Schrecken, dass ihre Zunge wie Kaugummi im Mund klebte. Jedes einzelne Wort eine unsichtbare Kaugummiblase, die noch auf den Lippen zerplatzte.
Im Nebel konnte sie nichts erkennen, ahnte mehr die Baumkronen über ihr, das Moos unter ihr. Die Bäume wie Fahnenstangen, die kahlen Äste lange gekrümmte Finger, die nach ihr griffen.
Der ganze Wald war tot.
Ihre Hände krallten sich ins feuchte Laub. Zweige streiften ihr Gesicht, als sie den Kopf mühsam hob.
Sie stöhnte laut auf.
Es hieß, hier lebten Waldgeister und Kobolde. Ja, sie konnte sie sehen. Die Schatten der dunklen Gestalten, die sich im Nebel verbargen, beugten sich über sie. Sie flüsterten miteinander, das Gesicht hinter starren Masken verborgen.

Jemand weinte ganz schrecklich laut.
Warum?, fragte sie sich.
Und dann wunderte sie sich, warum sie denken konnte, wenn doch ihr Kopf dort oben am dunklen Himmel hing.

Der Tag zuvor
Nachmittag 29. April

Im Nachhinein schien es mir, als habe sich der Nebel an dem Tag über die Landschaft gelegt, als wir die Nachricht erhielten. Mike, mein Bruder, war zu einem Tauchgang aufgebrochen, von dem er nicht wieder zurückgekommen war. Offenbar war er ertrunken, auch wenn man seine Leiche nie gefunden hatte. Das war vor drei Monaten gewesen, genauer gesagt am 20. Januar.

Seitdem lebten wir wie in einer Schattenwelt. Pa und ich schlichen uns im Morgengrauen aus dem Haus und kehrten so spät wie möglich dorthin zurück, wo meine Mutter sich weigerte, der Wahrheit ins Gesicht zu sehen: Mike würde nicht wiederkommen.

Doch nicht einmal als die Anrufe der Polizei seltener und die Informationen immer spärlicher wurden, bis sie schließlich ganz ausblieben, gab Mam die Hoffnung auf.

Hendrik, unser Gärtner, war der Einzige, der es aussprach: »De Dod steiht achter de Dör.« Der Tod steht vor der Tür. Immer wenn er diesen Satz vor sich hin murmelte, überlief es mich kalt.

Doch Mam schüttelte nur den Kopf. Solange Mike nicht gefunden sei, meinte sie, gäbe es immer noch eine Chance.

Als ich an diesem Tag Ende April von der Schule nach Hause zurückkehrte, lag das Gutshaus eingehüllt in einem grauen, undurchsichtigen Wolkenfeld. Viele Leute beneideten uns um das prachtvolle, alte Gebäude mit dem aufwendigen Stuck an der Fassade. Jamaica zum Beispiel, die sich mit ihrer Mutter zwei winzige Zimmer über dem kleinen Lebensmittelladen im Dorf teilen musste. Man nannte uns sogar: die vom Schloss.

Ehrlich, eine Zeit lang habe ich gar nicht kapiert, dass die uns meinten.

Ich schob das Fahrrad in das Nebengebäude aus rotem Klinker, das meine Eltern zu einer geräumigen Garage hatten umbauen lassen. Dort stellte ich es neben Mikes uralten grünen VW-Käfer ab, den er zum 18. Geburtstag geschenkt bekommen hatte.

Das Nebengebäude war durch die ehemalige Waschküche mit dem Haupthaus verbunden, sodass ich von hier aus direkt in die Diele gelangen konnte. Dort warf ich Mantel und Schultasche achtlos auf die alte Truhe, die noch von meinen Urgroßeltern stammte. Ein wurmstichiges Ding, von dem mein Vater sich nicht trennen wollte.

»Mam«, rief ich laut.

Keine Antwort.

Ich öffnete die Küchentür. Nicht, dass ich erwartete, sie hier zu finden, denn seit der Nachricht von Mikes Verschwinden verbrachte sie die meiste Zeit schlafend im Bett und ich schmierte mir nach der Schule einfach ein Butterbrot. Doch heute brodelte es auf dem Herd und es roch verheißungsvoll. Neugierig hob ich den Deckel – Tomatensoße! Mir lief das Wasser im Mund zusammen. Immerhin würde es ein warmes Mittagessen geben.

»Mam?«, rief ich erneut, und da ich keine Antwort erhielt, rannte ich die knarrenden Holzstufen nach oben in den ersten Stock.

Wahrscheinlich hatte sie eines der Beruhigungsmittel eingenommen, die ihr mein Vater verschrieben hatte.

Leise öffnete ich die Tür zum Schlafzimmer meiner Eltern. Ein betäubender Geruch nach Lavendel und Schlaf hing im Raum. Die Betten waren gemacht, es lagen keine Kleider auf dem Fußboden.

Mam war also tatsächlich aufgestanden.

War sie vielleicht im Garten? Sie hatte ihre Rosen die letzten Monate völlig vernachlässigt. Ich verließ das Schlafzimmer, um draußen nachzusehen, aber als ich an Mikes Zimmer vorbeikam, hörte ich ein Geräusch.

Ich glaube nicht, dass seit Toms Anruf vor drei Monaten jemand von uns den Raum betreten hatte. Vielleicht war es daher auch mehr eine Ahnung, jedenfalls drückte ich den Türöffner nach unten.

Das Zimmer war noch so, wie Mike es verlassen hatte. Nichts hatte sich verändert. Die Rollos halb nach unten gezogen, erkannte ich die Metallregale an den Wänden, in denen er seine CD-Sammlung und stapelweise Bücher aufbewahrte. Auf dem Schreibtischstuhl lagen ein schwarzes T-Shirt und eine seiner Baseballmützen. Darunter schauten graue Turnschuhe hervor, so, als hätte Mike sie gerade abgestreift und würde gleich ins Zimmer gerannt kommen, um sich auf seinem Bett in einen dieser Science-Fiction-Romane zu vertiefen, die er abgöttisch liebte.

Der Schaukelstuhl vor dem Fenster bewegte sich langsam hin und her. Ich erkannte meine Mutter, die im Nachthemd im Halbdunkel saß, eines von Mikes Sweatshirts in der Hand.

»Mam?«, fragte ich erschrocken.

Sie hob den Kopf und blickte mich traurig an. Ihre blonden Haare hingen ungekämmt ins Gesicht, sie war blass und hatte wieder geweint. »Sofie! Ist die Schule schon vorbei?«

Vorsichtig trat ich näher. »Was machst du denn hier?«, fragte ich. »Du solltest dich besser hinlegen. Komm, ich bringe dich ins Bett.«

»Nein!« Sie schüttelte den Kopf. »Nein, ich räume auf.«
»Warum ausgerechnet heute?«
Sie schwieg einige Sekunden. Der Schaukelstuhl knarrte leise und bewegte sich schließlich, wie von einem leichten Windhauch angestoßen, hin und her.
»Da war ein Anruf heute Morgen«, erklärte sie.
Ein Anruf? Mein Herz begann laut zu klopfen. »Wegen Mike?«
Sie gab keine Antwort. Stattdessen starrte sie hinaus auf den grauen Himmel und murmelte vor sich hin. »Ich muss die Fenster noch putzen. Wenn er kommt, muss hier alles in Ordnung sein.«
Ehrlich, sie sah in diesem Moment so überzeugt aus, dass mir ein kalter Schauer über den Rücken lief. Hatten sie Mike gefunden? Erfuhren wir nun endlich, was mit ihm an dem Tag im Januar geschehen war, als er mit Tom zum Tauchen fuhr? Konnte es sein, dass er noch am Leben war?
»Mike? Mike kommt?«, fragte ich ungeduldig. »Mam, was für ein Anruf?«
»Dieser Junge . . .«, murmelte sie.
Verzweifelt rief ich: »Welcher Junge?«
»Tom, der Junge aus Australien. Er möchte uns besuchen, einige Sachen vorbeibringen.«
»Tom?«
Sie nickte. »Du weißt doch, dein Vater hat ihn eingeladen, als er vor drei Monaten . . .«
Nun wusste ich, von wem sie sprach. Tom war der Sohn von Mikes Vermieterin in Brisbane, Australien.
Ich setzte mich auf das Bett. »Wann kommt er?«
»Morgen!«
»Morgen schon?«
Der Gedanke versetzte mir einen Stich. Es war derselbe Tag, für den Mike den Rückflug gebucht hatte.

»Mike kommt am 30. April zurück«, murmelte meine Mutter vor sich hin, als hätte sie meine Gedanken gelesen. Ihr Blick war ohne Leben. Sie war in ihre einsame Trauer abgetaucht, die sie mit niemandem zu teilen bereit war.
Ich wusste, wie sie litt, wie sie sich die letzten Wochen selbst gequält hatte, je unwahrscheinlicher es wurde, dass man Mike fand. Stundenlang hatte ich sie weinen hören. Dennoch: Litten wir nicht alle? Hatte sie ein einziges Mal gefragt, wie es mir ging? Wie ich mich fühlte? Oder Pa?
Ich biss die Zähne fest aufeinander. Plötzlich hatte ich den sehnlichen Wunsch, das alles meiner Mutter ins Gesicht zu schreien. Einfach die Wahrheit herausbrüllen. Die nackte Wahrheit.
Sie sollte aufhören, sich und uns etwas vorzumachen! Hey, ich war fünfzehn Jahre alt. Mir war verdammt klar, was es bedeutete, im Pazifischen Ozean zu ertrinken.
»Nein, Mam«, seufzte ich schließlich, stand auf und strich ihr beruhigend über die Haare. »Tom kommt, nicht Mike.«
Doch sie antwortete nicht.
Ich hatte das Quietschen des Schaukelstuhls noch im Ohr, als ich nach unten ging, um Nudeln zur Tomatensoße zu kochen.

Den Nachmittag verbrachte ich in meinem Zimmer mit den Schularbeiten. Meine Mutter hatte sich wieder hingelegt, ohne mit mir zu essen. Ich war es gewesen, die die Küche in Ordnung brachte.
Die Vorstellung, dass morgen Tom kommen würde, der meinen Bruder als Letzter gesehen, der die Monate mit ihm in Australien verbracht hatte, machte mich nervös. Hatte er Neuigkeiten? Würde er viel von meinem Bruder erzählen?
Ich konnte mich nicht länger auf meine Bücher konzentrieren. Abrupt sprang ich vom Schreibtisch auf und zog mein Tage-

buch aus dem untersten Fach der Kommode, wo ich es in einen alten Schlafanzug gewickelt aufbewahrte. Seit über einem Jahr hatte ich kein Wort mehr geschrieben.

Als ich es jetzt in die Hand nahm und aufschlug, erschien mir die Vierzehnjährige, die dort ihre Sorgen notiert hatte, lächerlich kindisch, ja geradezu albern.

Diese Sofie war mir inzwischen fremd. Sie schrieb über Probleme, die keine waren: Filme, neue CDs, Bücher, die Jugendband, lächerliche Diskussionen mit den Eltern und natürlich lange Abhandlungen über sämtliche Klassenkameraden und meine ehemals beste Freundin Carlotta, die mich zu der Zeit schmählich im Stich gelassen hatte. Vor einem Jahr hatte sie gerade angefangen, mit Valerie herumzuhängen und natürlich mit Ruven.

Mike meinte damals: »Wenn jemand auf die andere Seite der Macht wechseln will, kannst du ihn nicht aufhalten.«

»Von wegen andere Seite der Macht«, hatte ich wütend gefaucht. »Carlotta ist einfach nur in Ruven verknallt, das ist alles.«

»Seid ihr das nicht alle?«, grinste er anzüglich.

»Ich fall auf den Idioten nicht herein!«

»Warum erzählst du dann ständig von ihm, von Carlotta, Valerie, Lisa und wie sie alle heißen?«

»Weil ich mich Tag für Tag mit ihnen herumschlagen muss. Schließlich gehen wir weiter in eine Klasse.«

»Genau«, hatte Mike geantwortet. »Du wirst sie nicht los. Aber im Grunde ist es auch egal. In jeder Klasse gibt es Zicken, deren Aufgabe darin besteht, die Gerüchteküche am Laufen zu halten und kichernd die Jungs anzuhimmeln. In jeder Gruppe findest du einen Star wie Ruven, um den sich alles dreht. Genauso einen Clown wie das Package und einen Sündenbock namens Jamaica und nicht zuletzt . . .« Ich sah noch immer sein Lächeln. ». . . gibt es einen Gerechtigkeitsfanatiker und Streber, der immer den Spielverderber spielen muss, so wie du.«

Mike hatte nie Probleme gehabt, mir die Wahrheit ins Gesicht zu sagen. Darin unterschied er sich von unseren Eltern und – auch von mir.
Ich blätterte in meinem Tagebuch. Im hinteren Teil bewahrte ich Mikes E-Mails auf, die er mir aus Australien geschickt hatte. Ein paar hatte ich sogar eingeklebt. Wie immer, wenn ich ihn besonders stark vermisste, zog ich eine von ihnen hervor, um sie zu lesen.

Brisbane, Mike
Night on January 17th, 2007
Stimmung: Der totale Hype!
Zitat des Tages: What you give is what you get!

Hi little Princess, möchte dich ja nicht neidisch machen! Aber wir haben hier 28 Grad! Und ihr das nächste Sturmtief. Woher ich das weiß? Schon mal was von www.wetter.com gehört? Da gebe ich einfach Rostock ein und schon weiß ich, was bei euch klimatechnisch los ist: Windgeschwindigkeiten bis 225 km pro Stunde! Sturmflut über der Ostsee!
Habt ihr euch auf den Sturm vorbereitet? Hat euch Hendriks Kriegsverletzung am Knie rechtzeitig gewarnt? Haben Mams Rosen überlebt? Die Bäume im Park standgehalten? Steht Großvaters Eiche noch? He, ein irres Gefühl, darüber nachzudenken, während ich am Strand in der Sonne liege! Der totale Luxus: 28 Grad im Schatten!
Habe die ganze Woche am Hafen fleißig Kiwis verladen, bis ich nur noch so krumm gehen konnte wie Hendrik. Du müsstest mal die Spinnen sehen, die sich in den Kisten verkriechen! Tom ist letztes Jahr von einem besonders giftigen Exemplar gebissen worden. Die sind lebensgefährlich! Seitdem leidet er fürchterlich unter Migräne, die manchmal mehr als zwei Tage an-

hält. Dann verkriecht er sich in seinem Zimmer und kommt erst wieder heraus, wenn es vorbei ist. Ansonsten ist er ein netter Typ und spricht bereits ganz gut Deutsch. Gott sei Dank, denn das Englisch hier ist völlig anders als unser Schulenglisch. Die Australier kürzen alles ab, sagen sogar Chrissie für Christmas.
Übermorgen fahre ich mit Tom zum Osprey Reef. DAS Paradies für Taucher. Stell dir vor, da fällt das Riff bis tausend Meter ab. Ich kann es kaum noch abwarten. Mann, das wäre wirklich voll cool, wenn ich meinem ersten Hai begegnen würde. Tom begleitet mich, aber er hat kein Geld, sich eine Ausrüstung zu leihen. Ich würde ihn zu gerne einladen, aber ehrlich gesagt, bin ich selbst knapp bei Kasse. Ich habe mir nämlich eine Unterwasserkamera gekauft. Du weißt schon: TOPSECRET!
Und sonst? Wie geht es der störrischen Jamaica? Oder Ruven & seinen Golden Girls? Nennen sie sich immer noch Ghostrider – und reden immerzu über Charaktere, Lebenspunkte, Energie und diesen Schwachsinn? Eh klar, bei euch auf der anderen Seite der Welt verändert sich nichts. Nur hier bei mir dreht sich die gute alte Erdkugel immer schneller, so aufregend ist das alles.
Jedenfalls: Ha ye goin'? Stell dir vor, damit meinen die: How are you?
Die spinnen, die Australier!
Your brother Mike!

Ich zog das Foto hervor, das Mike mitgeschickt hatte. Tom und er mit Lederhüten. Arm in Arm standen sie am Strand und winkten dem Fotografen zu. Darunter stand »Crocodile Dundee und ich!«.
Ich schreckte hoch, als ich die schleppenden Schritte meiner Mutter auf der Treppe hörte. Ein Blick auf die Uhr zeigte mir:

Es war bereits kurz nach sechs. Wenn ich nicht zu spät zum Tanzkurs kommen wollte, musste ich mich beeilen. Ich schlug das Tagebuch zu, versteckte es schnell in der Pyjamahose und schob es zurück unter die Wäsche in der Kommode.
Wenige Sekunden später stand Mam in der Tür. »Ich habe dich bereits dreimal gerufen.«
»Nichts gehört. Ist Pa schon da?«
»Er hat angerufen, es wird später. Er musste dringend zu einem Patienten.«
»Und wie komme ich jetzt zum Tanzkurs?«
»Tanzkurs?« Meine Mutter kniff müde die Augen zusammen. »Den habe ich total vergessen. Musst du da wirklich heute hin?«
»Mam! Heute ist eine der letzten Proben vor dem Abschlussball!«
»Dann muss ich dich eben fahren«, sagte sie zögernd.
Ich drehte mich wortlos um. Ich hatte es satt, so satt, dieses schlechte Gewissen haben zu müssen. Sicher, sie sah müde und erschöpft aus. Aber, verdammt, zählte ich nicht auch? Der Abschlussball war ein wichtiges Ereignis! Das Event des Jahres! Außerdem – und mein Herz geriet bei diesem Gedanken etwas aus dem Takt – war es meine Chance, Finn zu treffen, mit ihm zu sprechen, mit ihm zu tanzen.
Nein, ich konnte wirklich nicht mehr verstehen, dass ich einmal – wie alle Mädchen – für Ruven geschwärmt hatte! Aber wer bitte schön war Ruven im Vergleich zu Finn? Finn Jansen? Ich hatte zwar kaum mit ihm gesprochen, aber da war etwas in seinen Augen, wenn er einen ansah. Er war der erste Junge, bei dem ich von Anfang an das Gefühl hatte, er könne Mike das Wasser reichen.

Die Spieler

Als ich aus dem Gemeindehaus ins Freie trat, glänzte der Nebel, angestrahlt vom Vollmond, in einem unwirklichen silbrigen Licht.

Es war unerwartet schön.

Doch wurde diese Stimmung schnell zerstört, sobald ein gutes Dutzend Schüler, die meisten aus meinem Jahrgang, laut lachend das Gemeindehaus verließen, um sich auf ihre Fahrräder zu schwingen und nach Hause zu fahren.

»Oh Gott, kann mir jemand die Lorentzkraft erklären?«, fragte das Package, der eigentlich Paul hieß. Sein Gesichtsausdruck zeigte den für ihn typischen Ausdruck hilfloser Panik, egal, um welchen Unterrichtsstoff es ging.

»Bewegen sich geladene Teilchen, wie zum Beispiel Elektronen . . .«, begann ich seufzend und riss ungeduldig den Reißverschluss meiner Jacke nach oben, der klemmte. »Also wenn sich Elektronen senkrecht zu den magnetischen Feldlinien bewegen, wird . . .«

»Feldlinien?«, unterbrach mich Jamaica unbekümmert. Obwohl es dunkel und neblig war, trug sie eine riesige weiße Sonnenbrille von H&M zu ihrer hellgrau schimmernden Jacke aus Synthetik, die sie für ein paar Euro bei eBay erstanden hatte. »Habt ihr kein besseres Thema?«

»Und wenn wir morgen in Physik einen Test schreiben?«, fragte ich zurück.

»Und wenn nicht?« Die pechschwarzen Kraushaare standen ihr in alle Richtungen vom Kopf ab.

»Oh nein! Bitte kein Test!«, jammerte das Package und fuhr sich mit der Hand durch die blonden Stoppelhaare. »Dunkelmann! Genau der richtige Name! Seit wir bei ihm Physik haben, tappe ich im Dunkeln, wenn es um die Welt geht. Elektronen! Mir doch egal, was die in geladenem Zustand treiben.«

»Genau«, stimmte Jamaica ein. »Das ist ihre Privatsache und geht niemanden etwas an!«

»Also wirklich, ohne Physik, Mathe oder Chemie würden wir immer noch in einer Tropfsteinhöhle leben und spätestens mit zwanzig sterben.« Ich grinste sie an.

»Hey, bleiben uns noch über vier Jahre, in denen wir jede Menge Spaß haben können, ohne dass wir uns mit all dem Zeug abplagen müssen.« Nein, Jamaicas Stimme zeigte keinerlei Anzeichen von Beunruhigung. »Außerdem kannst du mir das sicher morgen schnell in der Pause erklären.«

»Schau selbst in dein Buch! Du bist und bleibst der totale Schmarotzer.«

Frau Kaluza, unsere Tanzlehrerin, bereits über siebzig, aber fit wie ein Turnschuh, hatte uns durch den Saal gejagt: Blues, Fox, Jive, Cha-Cha-Cha, Rumba, Tango und Walzer. Das ganze Programm!

»Außerdem verstehe ich es selbst nicht richtig«, fügte ich hinzu.

»Von wegen!« Jamaica knuffte mich in die Seite. »Du schreibst ja doch wieder eine Eins.«

»Das könntest du auch, wenn du nicht so faul wärest«, konterte ich.

»Hab eben Besseres zu tun.« Und wie um ihre ständig gefährdete Schullaufbahn zu verdrängen, begann sie eine Melodie zu summen und aufreizend dazu zu tanzen.

Vielleicht lag es an ihrer Herkunft, aber Jamaica steckte der Tango wirklich im Blut. Sie hielt die Hand eines imaginären Tanzpartners und machte, den Kopf dramatisch zur Seite geneigt, drei fließende Schritte vor und wieder zurück.

»Hey, Package«, rief sie. »Gehst du mit mir zum Abschlussball?«
»Um Himmels willen!« Er riss dramatisch die Augen auf. »Meine Zehen sind mir heilig. Außerdem reißen sich die Mädels nur so um mich.« Er grinste, aber ich wusste, dass er trotz aller Albernheiten auf seine Herzensdame Carlotta hoffte, in die er seit der fünften Klasse verliebt war. Er würde auf sie warten, bis er achtzig war, hatte er mir einmal gestanden.
»Deine Zehen? Das ist wohl eher umgekehrt«, lachte Jamaica ihn aus.
Hinter uns drängten sich die letzten Teilnehmer des Kurses durch die Tür.
»Hey, Jamaica, du stehst wie immer im Weg«, hörte ich Ruvens arrogante Stimme. »Geh zurück in die Karibik.«
»Halt die Klappe, Ruven«, erwiderte Jamaica und nahm die Sonnenbrille ab. Ihre dunklen Augen blitzten. »Oder ich behaupte vor der ganzen Schule, du hättest mich aufgefordert, mit dir zum Abschlussball zu gehen. Im Mittelalter hätte das bedeutet, dass du mich heiraten musst. Du stehst doch auf diesen ganzen Middle-Age-Scheiß, oder?«
»Ja, weil du da noch im Dschungel bei den Affen gelebt hast.«
Nun klatschte Jamaica in die Hände und bewegte die Hüften wie bei einem Stammestanz. Ehrlich, ich bezweifelte, ob das Gewackel ihrer Hüften, geschweige denn die Melodie, etwas mit der Musik Jamaicas zu tun hatten, woher – laut der vagen Auskunft ihrer Mutter – Jamaicas Vater stammte.
»Oh Gott«, stieß Valerie aus. »Die steht ja total unter Drogen.«
»Ihr braucht vielleicht Drogen, damit ihr wenigstens ein bisschen Fantasie in euer Leben bringt«, erwiderte Jamaica spöttisch und zeigte ihre weißen Zähne. »Aber ich nicht. Ich kann mich auch so in einen Tanzflash beamen.«
»Hast du eine Ahnung«, erwiderte Ruven und warf Valerie und Carlotta einen verschwörerischen Blick zu. Erwartungsgemäß

brachen die beiden in Kichern aus, während Lisa nervös auf die Tastatur an ihrem Handy drückte.

»He«, erklärte Jamaica und schob die Sonnenbrille in ihr Haar. »Ich weiß über euch Bescheid.« Sie musterte Ruven aus zusammengekniffenen Augen, als wüsste sie tatsächlich etwas.

Ruven, Valerie und Carlotta hingen ständig zusammen herum. Sie nannten sich die Ghostriders und führten sich schlimmer auf als ein Geheimbund. Die meisten aus unserer Klasse fanden ihr Getue einfach albern. Wir waren schließlich aus dem Alter heraus, in dem man Banden gründet, Mutproben abhält und sich in Geheimsprachen verständigt, wie es bei ihnen üblich war.

»Ich glaube, ich muss nach Hause«, jammerte Lisa und strich die blonden Haare aus dem Gesicht.

»Ich muss nach Hause«, äffte Jamaica sie nach. »Zu Mama. Zur Frau Bürgermeisterin!«

»Jamaica«, sagte ich. »Lass sie in Ruhe.«

Mir tat Lisa leid. Sie wurde von allen nur »die dicke Barbie« genannt. Ohne die zehn Kilo Übergewicht wäre sie eine echte Schönheit gewesen. Aber das war es nicht, was mich an ihr störte, sondern wie sie Ruven anhimmelte und Valerie und Carlotta nachrannte, die sie nur verspotteten.

»Hast ja recht.« Jamaica nickte mir zu. »Meine Zeit und mein Esprit sind zu wertvoll, um sie an die da zu verschwenden.« Sie machte ihr Fahrrad los, das sie an eine Straßenlaterne angekettet hatte. »He, Sofie, fahren wir ein Stück zusammen?«

»Nein, mein Vater holt mich ab«, sagte ich und fügte seufzend hinzu: »Und keine Sorge! Morgen früh erkläre ich dir Physik!«

»Wusste ich doch: Du rettest mir das Leben!« Jamaica rieb sich die Hände. »Mann, hast du es gut! Du wirst abgeholt und ich muss bei dieser Kälte noch mit dem Fahrrad fahren.«

»Von wegen gut! Seit Mike . . .« Ich stockte. »Na ja, meine Mutter macht sich eben Sorgen.«

»Sie glaubt immer noch, Mike kommt zurück, oder?«, fragte Jamaica leise. Jeder Spott war aus ihrer Stimme verschwunden.
Ich zuckte mit den Schultern. Es war kein Thema, das ich gerne besprach, wenn die anderen dabei waren.
»Oh, er wird von den Toten auferstehen«, hörte ich Ruvens übertrieben säuselnde Stimme. »Er wird aus dem Wasser steigen und zurückkehren.«
Ich spürte, wie mir die Tränen in die Augen schossen, als er jetzt eiskalt fortfuhr: »Mann, kapierst du es nicht? Den hat längst der weiße Hai gefressen.«
Für einen Moment herrschte erschrockenes Schweigen. Carlotta schaute mich verlegen an. Ihr Blick schien mich um Verzeihung zu bitten, doch ich drehte mich weg.
»Halt die Klappe, Ruven!«, erklang in diesem Augenblick eine entschiedene Stimme hinter uns. Im Licht der Straßenlampe stand Finn Jansen und hatte die Arme vor der Brust verschränkt.
»Ach ja?«, fragte Ruven. »Wieso?«
Finn trat auf seinen Roller zu und löste seelenruhig das Schloss. Schließlich richtete er sich auf und grinste. »Weil du dich gerade zum Affen machst. Ich kapier nicht, wie du tatsächlich die Weiße-Hai-Nummer bringen kannst. Der Film ist uralt! Von 1975! Mann, das ist über dreißig Jahre her! Heute weiß jeder Erstklässler, dass Haie feige Biester sind!«
»Was hat das damit zu tun, ob Sofies Bruder . . .« Es war das erste Mal, dass ich erlebte, wie jemand Ruven völlig aus dem Konzept brachte.
»Nichts.« Finn verzog keine Miene.
»Ach!«, winkte Ruven betont gleichgültig ab. »Lasst uns gehen.«
Valerie kicherte, als stände sie unter Drogen.
»Aber Carlotta, wir sollten doch zusammen nach Hause gehen.

Meine Eltern mögen es nicht, wenn ich alleine im Dunkeln unterwegs bin«, jammerte Lisa mit ihrer gewohnten Kleinmädchenstimme.
Carlotta zögerte kurz, doch als Ruven ihr einen lauernden Blick zuwarf, schüttelte sie den Kopf. »Ich geh noch nicht nach Hause.«
»Aber ich darf doch nicht alleine . . .«, versuchte Lisa es erneut.
Carlotta zuckte mit den Schultern. »Dann komm halt mit. Wir müssen ja nicht lange bleiben.«
Lisa blickte ihr erschrocken nach, doch hatte sie offenbar keine andere Idee, als den dreien zu folgen.
Jamaica schüttelte den Kopf. »Gott, sind die bescheuert.«
Eine Weile standen wir herum, ohne dass einer von uns etwas sagte.
»Wenn du willst, kann ich dich mit dem Roller nach Hause bringen«, wandte sich Finn schließlich an mich.
Bevor ich noch antworten konnte, pfiff Jamaica bereits anzüglich und schwang sich auf ihr Fahrrad: »Na, da will ich das junge Glück nicht stören.«
Verlegen beobachtete ich Finn aus den Augenwinkeln. Zu den hellen, abgetragenen Jeans, die locker auf seinen schmalen Hüften hingen, trug er ein weißes Hemd, darüber einen grau-schwarz karierten Mantel, aus dem die Kapuze einer Sweatshirtjacke hervorschaute. Und Edelchucks aus hellbraunem Leder mit dem Aufdruck »Dr. Romanelli«. Ich mochte die Art, wie er sich kleidete. Mir gefiel auch, wie er seine Haare trug, wie sie sich unter der Baseballmütze lockten. Eine Strähne hing in die Stirn.
Finn war erst seit einem halben Jahr auf der Schule und eine Klasse über uns, also in der elften. Seine Mutter führte ein exquisites Fischrestaurant am Rande des Dorfes. Von dort ging der Weg durch den Gespensterwald direkt zum Strand. Der Wald hatte alles, was ein Schauermärchen brauchte. Knorrige

alte Bäume, ewigen Nebel, nackte Äste, die ihre Finger in die Luft streckten.

Das Restaurant hatte sich innerhalb kürzester Zeit zu einem beliebten Ausflugsziel für Touristen entwickelt, obwohl die Preise laut Jamaica nicht gerade billig waren. Sie musste es wissen, denn ihre Mutter arbeitete dort als Bedienung. Hin und wieder erzählte sie von den VIPs, die dort gegessen hatten.

Finn hielt sich für gewöhnlich abseits, in der Schule sah man nicht viel von ihm. Aber er war fast zu jeder Tanzstunde gekommen und ich hatte ein paarmal mit ihm getanzt. Und auch wenn wir nicht viel miteinander gesprochen hatten, hatte ich mich auf Anhieb bei ihm wohlgefühlt, war nicht so verkrampft wie sonst immer.

»Gehörst du auch zu denen, die nicht mit mir sprechen, weil sie mich für einen Freak halten?«, hörte ich Finn jetzt sagen.

»Freak?« Ich schüttelte den Kopf. »Wie kommst du darauf?«

»Weil du mir nicht antwortest. Ich habe dich gefragt, ob ich dich nach Hause bringen soll.«

Ich schüttelte verlegen den Kopf. »Nein, mein Vater holt mich ab.«

»Na denn«, er schwang sich auf den roten Roller, und bevor er den Helm überzog, wandte er sich noch einmal zu mir: »Tut mir echt leid, das mit deinem Bruder. Schade, dass ich ihn nicht gekannt habe, er soll ein wirklich cooler Typ gewesen sein. Das sagen alle.«

Im nächsten Augenblick war sein Gesicht hinter dem Helm verschwunden und nur noch die Augen waren zu sehen. Ich hätte gerne gewusst, welche Farbe sie hatten, ob sie grün, braun oder blau waren. Doch im Dunkeln konnte ich das nicht erkennen.

Finn hob zum Abschied die Hand und gab Gas. In der nächsten Sekunde war er verschwunden und ich dachte: Freak? Auf keinen Fall! In einen Freak könnte ich mich nie verlieben.

Nebel über dem Moor

Der Nebel wurde immer dichter, bis ich die Hand nicht mehr vor den Augen sehen konnte, auch wenn es der Vollmond selbst jetzt noch schaffte, mit seinem Licht die graue Wand zu durchdringen. Laut Hendrik war der ständige Nebel hier in der Gegend eine Folge der ursprünglichen Moorlandschaft. Obwohl trockengelegt, steckte die Feuchtigkeit noch immer tief in der Erde. Das sei seit Jahrtausenden so. Daran könne der Mensch nichts ändern.

Hendrik und seine Geschichten.

Vor lauter Kälte trat ich von einem Fuß auf den anderen und zog schließlich ungeduldig mein Handy aus der Tasche. Aber klar, wie immer, wenn man das Ding brauchte, war der Akku leer. Oder besser: Da ich es nur selten benutzte, war er nie aufgeladen.

Es nieselte nicht einmal richtig, aber die Feuchtigkeit drang immer stärker durch meine Jacke. Ich zog den Reißverschluss bis ganz nach oben unters Kinn, wärmte die Finger mit meinem Atem und vergrub die Hände anschließend wieder tief in den Taschen.

Mann! Es war bereits nach acht! Pa, wo bleibst du denn?

Hätte ich das Fahrrad genommen, könnte ich längst zu Hause sein. Aber seit Mikes Verschwinden bestand meine Mutter darauf, dass ich am Abend nicht mehr alleine unterwegs war. Dabei machte es keinen Unterschied, ob ich in der Dunkelheit einsam an der Straße stand oder mit dem Fahrrad nach Hause fuhr.

Ich seufzte erleichtert, als ich glaubte, ein Auto zu hören. Endlich!
Der Wagen näherte sich. Ich bildete mir ein, dass er langsamer wurde. Andererseits – ich konnte kaum etwas erkennen, da das grelle Licht der Scheinwerfer mich blendete.
Mist, das war nicht mein Vater.
Der Wagen fuhr vorbei, Wasser spritzte hoch und in der nächsten Sekunde verschwand der silbergraue BMW im Nebel.
Wieder seufzte ich, zog die Hände hervor, hauchte sie erneut an. Dann begann ich von einem Fuß auf den anderen zu hüpfen, damit mir warm wurde. Und wenn mein Vater mich vergessen hatte? Sollte ich dann in der Dunkelheit nach Hause laufen?
Erneut wurde ich von hellen Scheinwerfern geblendet. Der Neun-Uhr-Bus. Er fuhr an mir vorbei, direkt durch die riesige Pfütze am Bürgersteig. Wieder spritzte Wasser hoch, schlug mir diesmal mitten ins Gesicht. Für einige Sekunden konnte ich nichts erkennen, außerdem war ich nun von oben bis unten durchnässt.
»Verdammt, verdammt, verdammt! Du Idiot!«, schrie ich dem Bus hinterher und in dieser Sekunde erlebte ich so etwas wie eine Begegnung der dritten Art. Denn ich bemerkte, wie mich hinter der verdreckten Fensterscheibe ein verschwommenes Gesicht anstarrte. Dann entfernte sich der Bus wie eine beleuchtete Raumkapsel in der Dunkelheit und war kurz darauf verschwunden.
Doch ich starrte ihm immer noch hinterher, die Angst kreiste wie eine blinkende Leuchtreklame in meinem Kopf.
Das Gesicht! Es hatte wie Mike ausgesehen!
Ein Gespenst?
Oder erinnerte mich lediglich die Fellmütze an ihn?
Mike hatte sie übers Internet gekauft, ein scheußliches Ding,

von dem Mam immer ärgerlich behauptet hatte, es brächte nur Motten ins Haus.
»Aber sie hält warm«, hatte Mike entgegnet.
»Du siehst aus wie ein Russe!«
»Also cool!«
Ich konnte mich noch genau erinnern, wie Mam wütend geworden war. »Du weißt doch, dass es die Russen waren, die Papas Familie das Haus nach dem Krieg weggenommen haben!«
»Bestimmt nicht der, dem diese Mütze gehörte. Da steht nämlich drin: ›Made in China‹!«
Mike war unglaublich. Er konnte meine Mutter immer zum Lachen bringen. Nie hatte ich eine wirkliche Auseinandersetzung, einen Streit zwischen den beiden erlebt. Bis zu dem einen Tag im März vor einem Jahr. Es war kurz vor den Abiturprüfungen gewesen. Mike war zu dieser Zeit kaum noch in der Schule, da er sich auf die Prüfungen vorbereitete. Als ich eines Tages nach Hause kam, hörte ich beide schreien.
Mikes letzten Satz hatte ich bis heute noch im Ohr.
»Es gibt keine Möglichkeit, es wiedergutzumachen.«
Ich hatte den Grund für diesen Streit nie erfahren.
»Du musst nicht alles wissen, Princess«, hatte Mike erklärt, als ich ihn danach fragte.
Wenig später hatte er sich entschieden, nach dem Abitur nach Australien zu gehen, und ich war das Gefühl nicht losgeworden, dass dieser Streit der Auslöser dafür gewesen war.

Der Bus war längst verschwunden, aber mein Herz raste noch immer und die verrücktesten Ideen gingen mir durch den Kopf. Hatte Hendrik nicht oft von den Wiedergängern erzählt? Diese Gruselgeschichten über Verstorbene, deren Körper in die Welt der Lebenden zurückkehrten, um sich, wie Hendrik gerne flüsterte, für erlittenes Unrecht zu rächen.

Ehrlich, für einen winzigen Moment glaubte ich daran.
Diese Ähnlichkeit! Diese Vertrautheit!
Was, wenn Mike tatsächlich zurückgekommen war?
Als Toter?
Weil er sich an Mam rächen wollte?
Wofür denn?
Ich schüttelte den Kopf. Jetzt spinnst du ja total, Sofie! Wiedergänger? Gespensterrache? Ein Geräusch riss mich aus meinen Gedanken. Gott sei Dank! Das war das vertraute Brummen unseres Landrovers. Gleich darauf kam der Wagen neben mir zum Stehen.
Ich öffnete die Tür und ließ mich in den Sitz fallen: »Endlich! Hast du mich völlig vergessen?«
»Entschuldige, ein dringender Notfall«, hörte ich die müde Stimme meines Vaters. Ich warf ihm einen Blick zu. Erschöpft starrte er auf die Straße. »Und bei dem Nebel kann man nicht schneller als fünfzig fahren. Hoffentlich passiert nichts diese Nacht. Ich muss unbedingt mal wieder durchschlafen.«
Ich biss mir auf die Lippen. Ich wusste, wie viele Sorgen er sich um meine Mam machte.
»Hast du schon gehört?«, fragte er jetzt.
»Was?«
»Dass Tom morgen kommt.«
»Ja, Mam hat es mir erzählt.« Ich zögerte. »Du hast ihn doch getroffen, als du in Australien warst. Wie ist er denn so?«
»Er machte einen netten Eindruck«, sagte mein Vater. »Einen wirklich netten Eindruck.«
»Meinst du, es ist gut für Mam, dass er kommt?«
Er hob seufzend die Schultern.
»Ehrlich, ich habe keine Ahnung, Motte. Aber vielleicht reißt es sie aus ihrer Depression, wenn noch jemand da ist, um den sie sich kümmern muss.«

Es war mitten in der Nacht, als ich aufwachte. Kalte Luft zog durch das gekippte Fenster. Der laute Ruf des Käuzchens, das im hinteren Teil des Gartens direkt an der Mauer in einem uralten hohlen Baum hauste, hatte mich geweckt. Ich hatte es Oskar getauft, nach meinem Urgroßvater, der den Park angelegt hatte. Normalerweise freute ich mich, wenn ich Oskar hörte, doch heute nicht.

Denn nun verwandelte sich sein einsamer Ruf in ein herzzerreißendes Wimmern.

Ich zog mir die Decke über den Kopf.

»Dodenvogel«, nannte Hendrik Oskar, Totenvogel. Seiner Meinung nach brachte der Vogel Tod und Verderben. »Ruft das Käuzchen in der Nacht, jemand morgens nicht erwacht«, erklärte er immer wieder und fügte regelmäßig hinzu, seine Mutter sei nach einem Käuzchenruf gestorben.

Mike hatte mich immer ausgelacht, wenn ich Hendriks Geschichten Glauben schenkte.

Entschlossen knipste ich das Licht an und stand auf, um das Fenster zu schließen.

Draußen war es gespenstisch, obwohl der Nebel sich gelichtet und nur ein feines Gespinst aus Tau zurückgelassen hatte, das wie ein silbernes Netz über dem Park lag. Dunkel zeichneten sich die Schatten der Bäume ab, wie auch die Silhouette des weißen Pavillons.

Mit einem Mal stockte mir der Atem.

Ich drückte das Gesicht fest an die kalte Fensterscheibe, um besser sehen zu können.

War es ein Traum?

Oder stand da tatsächlich jemand morgens um halb fünf in unserem Park?

Ich biss die Zähne fest zusammen, damit sie nicht anfingen zu klappern.

Wach auf, Sofie! Das ist ein Albtraum!
Ich war vermutlich einfach nur in einer dieser Tiefschlafphasen, in denen man nur noch Angst spürt, wie ich in diesem Augenblick. Sie kroch mit der Kälte die nackten Füße entlang, die Beine hoch, bis ich mich erstarrt fühlte.
Wiedergänger – das waren Gespensterwesen. Die gab es nicht wirklich. Doch die vertraute Gestalt verschwand nicht, sondern bückte sich. Wie Mike, wenn er den Ball zurechtlegte, um ihn in ein imaginäres Fußballtor zu schießen.
Vielleicht, dachte ich, ist es nur ein Baum. Doch waren nicht genau dort am Pavillon alle Bäume vor Kurzem gefällt worden? Oder lediglich ein Gartengerät, das Hendrik dort hatte stehen lassen?
Jetzt bewegte sich die Gestalt – wandte sich langsam um und blickte hoch zu dem einzigen erleuchteten Fenster unseres Hauses, hinter dem ich stand.
Ich schloss die Augen. Als ich sie wieder öffnete, war die Gestalt spurlos verschwunden. Dennoch wurde ich das Gefühl nicht los, ein leises, unmerkliches Wispern läge in der Luft und jemand flüstere immer wieder meinen Namen.

Nur ein Fuchs?

Als ich am nächsten Morgen müde und unausgeschlafen die Küche betrat, saß Hendrik an dem runden Esstisch und wärmte seine Hände an einer großen Tasse mit dampfendem Tee. Er nickte mir zu, schüttelte dann sorgenvoll den Kopf.

»Ein Rätsel«, grummelte er.

»Du übertreibst«, erklärte meine Mutter müde.

»Was?«, fragte ich und musste niesen.

»Hast du dich gestern Abend erkältet?« Meine Mutter goss mir den allmorgendlichen Kakao ein. Oh Gott, wie ich diesen Kakao hasste. War ich etwa nicht alt genug, um Kaffee zu trinken? Oder wenigstens den starken schwarzen Tee, dessen intensiver Geruch aus Hendriks Tasse zu mir herüberzog?

Erneut musste ich niesen und fühlte im Hals ein unangenehmes Kratzen.

»Brauchst du etwas gegen die Erkältung?« Das Gesicht meines Vaters tauchte hinter der Zeitung auf.

»Nein, nicht so schlimm.«

Nach dem Aufwachen hatte ich beschlossen, die Nacht zu vergessen.

Eine Überreizung der Nerven, nichts weiter, diagnostizierte ich fachmännisch. Mike wollte Medizin studieren. Wie Pa. Ein Arzt, hatte er als Kind gedacht, könne nie krank werden. Wie ein Pfarrer nie in die Hölle komme.

Mike spukte ja schon wieder in meinem Kopf herum.

Ich straffte meine Schultern und hörte Hendrik zu, der laut schlürfend seinen Tee trank. »Nee, nee, up keinen Fall. Dat war

keen Tier. So ein Loch, dat buddelt nur ein Mensch«, erklärte er meiner Mutter, die ungeduldig die Augen zusammenkniff.
Oh, ich kannte diesen Blick, der ausdrückte: Ich will davon nichts wissen.
»Welches Loch?«, hakte ich nach.
Mam warf Hendrik einen warnenden Blick zu, daher wiederholte ich lauter: »Welches Loch?«
Hendrik, der allzu gerne erzählte, ließ sich nicht einschüchtern. »Da hat wer gegraben«, erklärte er und schüttelte erneut den Kopf. »Und ik find den.«
»Es war ein Fuchs«, sagte meine Mam müde.
»Nee, nee, der hat mit der Schippe gegraben und denn wedder das Loch zugeschüttet. Ik sehe doch die frische Erde. Der hat da was vergraben«, beharrte der alte Gärtner dickköpfig.
»Grab es halt wieder aus«, schlug ich vor und verstaute mein Pausenbrot in meinem Rucksack.
»Das werd ik, Lütte«, nickte Hendrik und sein weißer Kopf schien nicht mehr aufhören zu wollen, sich auf- und abzubewegen. »Das werd ik. Darauf kannst du Gift nehmen.« Er hob die Tasse an den Mund und schlürfte den letzten Schluck von seinem heißen Tee.
»Schluss jetzt! Ich möchte davon nichts mehr wissen«, erklärte meine Mutter und wandte sich mir zu: »Sofie, du musst dich beeilen. Der Bus geht in fünf Minuten.«
»Wann kommt Tom eigentlich heute?«
»Er wollte sich noch einmal melden.« Der Kopf meines Vaters tauchte erneut hinter der Zeitung auf. »Sein Flugzeug landet heute Morgen in Rostock, von dort will er den Zug nehmen.« Ordentlich faltete er die Zeitung zusammen und erhob sich. »Soll ich dich in die Schule mitnehmen? Der Bürgermeisterin geht es nicht gut.«
»Was hat se denn?«, fragte Hendrik neugierig.

»Patientengeheimnis«, erwiderte mein Vater. »Beeil dich, Motte. Wir packen dein Fahrrad hinten rein, ich weiß nicht, ob ich dich mittags abholen kann.«

Mein Kopf schmerzte, als ich vor dem Schultor das Fahrrad aus dem Landrover hob. Im nächsten Moment war mein Vater bereits verschwunden. Deprimiert machte ich mich auf den Weg.

Noch immer gab es Schüler, die einen Bogen um mich machten, aber ich hatte mir in den letzten Monaten angewöhnt, sie zu ignorieren.

Heute fiel es mir aus irgendeinem Grund schwerer als sonst.

Wie ein Bannkreis, dachte ich und beobachtete drei meiner Klassenkameraden, die sich verlegen an mir vorbei durch das uralte schmiedeeiserne Schultor schoben. Sie wussten einfach nicht, was sie zu Mikes Verschwinden sagen sollten.

Ich musste dreimal heftig niesen.

Genau, dachte ich, ich bin ansteckend, eine Aussätzige, eine vom Unglück Gezeichnete. Über mir lag ein Fluch.

Nur so war es zu erklären, dass mir ausgerechnet an diesem Morgen die Schulpsychologin, Frau Mader, entgegenkam und ich keine Möglichkeit hatte, ihr auszuweichen.

Als Psychologin war sie völlig ungeeignet. Wer wollte schon jemandem, der lispelte, seine Geheimnisse anvertrauen, geschweige denn Ratschläge annehmen?

Mit einem aufgeregten Winken gab sie mir zu verstehen, auf sie zu warten.

»Sofie!« Sie streckte den rechten Arm aus, um mich an sich zu ziehen. Ich wich einen Schritt zurück und nieste rechtzeitig. Frau Mader ließ den Arm sinken.

»Gibt es etwas Neues über deinen Bruder?«, fragte sie mitleidig.

Ich schüttelte den Kopf.

»Möchtest du darüber reden?«, kam die unvermeidliche nächste Frage.
Meinetwegen sollte Frau Mader brüllen: »Mach endlich die Klappe auf und heul!« Aber dieses weich gespülte Lächeln ging mir auf die Nerven. Und erst recht dieser heilige Blick hinter den dicken Brillengläsern, als sei sie Jesus: Lasset die Kinder zu mir kommen.
Mir wurde schlecht, als hätte ich zu viel Süßes gegessen: Zuckerwatte, Marshmallows, eine ganze Batterie weißer Mohrenköpfe. Die Finger fest an den Fahrradlenker geklammert, schüttelte ich den Kopf. Das Rad rollte ein Stück weiter, als wollte es mich vor der Psychologin retten.
»Du weißt, wo du mich finden kannst!«
Ich nickte höflich.
»Ich bin jederzeit für dich da.«
»Ja«, brachte ich krächzend hervor.
»Oh, du bist ja schrecklich erkältet. Du hättest zu Hause bleiben sollen.«
»Geht schon.«
»Es ist wichtig, dass du viel darüber sprichst, ganz wichtig . . .«
Sie brach ab. Ihr neugieriger Blick hatte sich an Carlotta und Valerie geheftet, die eng umschlungen an uns vorbeischlenderten und ihre morgendliche Flüsterorgie feierten. Klar, sie waren ja auch die Klatschzentrale des Schulhofes und mussten die Gerüchteküche am Laufen halten.
»Ich muss los«, sagte ich zu Frau Mader und schob mich schnell an ihr vorbei. Die Enttäuschung verwandelte ihr rundes Gesicht unter der Dauerwelle zu einem großen Mond. Doch schließlich überzog ein Lächeln geheuchelten Verständnisses ihr Gesicht.
»Du weißt ja, wo du mich findest«, wiederholte sie.
Mein widerwilliges Ja war kaum zu verstehen.

Meine kalten Hände rutschten am Metall ab, als ich versuchte, das Fahrradschloss zu schließen. Das Rad kippte um und brachte innerhalb weniger Sekunden alle anderen zu Fall. Eine Reihe nagelneuer Mountainbikes kam wie Dominosteine zum Einsturz.
»Loser«, hörte ich einen Siebtklässler rufen. Er rannte hinter mir vorbei und stieß mir den Ellbogen in die Rippen.
Na super! Ich hätte alles darum gegeben, den Tag noch einmal von vorn beginnen zu dürfen. Es war wie ein Sonnenaufgang von schlechter Laune.
»Bist du gestern gut nach Hause gekommen?«, hörte ich eine Stimme hinter mir.
Ich wandte mich um.
Finn stand vor mir, einen grauen Schal um den Hals gewunden, die Hände tief in den Taschen seines Mantels.
»Sieht so aus«, murmelte ich.
Er warf mir einen prüfenden Blick zu und hob mein Fahrrad auf.
»Danke«, nickte ich – und schwieg.
Mir fiel einfach nichts ein, was ich sagen könnte.
Finn rieb sich die Hände. »Sag mal, ist das Wetter hier normal für April? Ich frag nur, falls es morgen anfängt zu schneien.«
Ich musste lachen. »Ja«, flachste ich. »Im Juni friert meistens die Ostsee zu, dann können wir Schlittschuh laufen.«
Er grinste.
Wieder Schweigen.
»Sag mal, hättest du Lust, irgendwann einmal etwas zusammen zu unternehmen?«, fragte er schließlich.
Oh, mein Herz klopfte heftig bei diesem Vorschlag. Ehrlich, es hörte sich an, als riefe es laut: Ja, ja, ja.
Doch als in dieser Sekunde die Schulglocke ertönte, murmelte ich verlegen: »Mal sehen«, und verschwand im Schulhaus.
Sofie, wirklich toll, da hast du ja wieder einmal deinen ganzen Charme bewiesen.

Im Klassenzimmer rekelte sich Jamaica bereits auf ihrem Platz. Sie hatte die Füße, die in halbhohen schwarzen Chucks steckten, auf meinem Teil des Tisches liegen. Die Hände hinter dem Nacken verschränkt, starrte sie zum Fenster hinaus. Auf dem weißen Kurzarmshirt stand: »Ich bin nicht auf die Welt gekommen, um zu sein, wie andere mich gern hätten.«
Nun, diese Botschaft brauchte Jamaica nicht groß zu verkünden. Sie war bei Lehrern wie Eltern berüchtigt: laut, lebhaft, dunkelhäutig, kräftig, groß, sportlich – und damit nicht genug, trieb sie sich mit den Jungs aus den oberen Klassen herum. Denen nichts heilig schien, was den Rest der Menschheit interessierte. Die Lehrer wären sie gerne losgeworden, doch Jamaica schaffte es immer am Ende des Schuljahres, in die nächste Klasse vorzurücken.
Seltsamerweise hatten wir uns in den letzten drei Monaten angefreundet. Sofie, die Brave, und Jamaica, der Outlaw. Das ideale Paar.
»He«, sagte sie nun und nahm die Füße vom Tisch. »Worüber habt ihr geredet?«
»Wer?«
Ich packte meine Bücher aus und stapelte sie auf dem Tisch, wobei ich Jamaicas Chaos, so gut es ging, auf ihre Seite schob. Mike hatte mich immer mit meiner Ordnungswut geneckt, aber nach seinem Verschwinden war es schlimmer geworden. Mir fiel es leichter, wenn es um mich herum wenigstens so aussah, als sei alles an seinem Platz. Chaos gab es schon genug in meinem Inneren.
»Erde an Sofie!« Jamaica wedelte vor meinem Gesicht herum. »Sag mal, wie hast du es nur geschafft, Mister Silence zum Reden zu bringen? Bist du Jesus?«
»Wovon redest du eigentlich?«
»Von Finn! Gestern Abend hast du mit ihm getanzt, er wollte

dich nach Hause bringen und heute hilft er dir beim Einparken deines Fahrrades.«
Ich schob ruhig eine neue Patrone in meinen Füller und spitzte die Bleistifte.
»Ach der«, sagte ich gelangweilt. Auffällig gelangweilt.
Ihr Blick war durchdringend. Die Pupillen waren ganz schwarz vor Neugier.
»Der spricht doch sonst mit niemandem.« Sie legte den Kopf schräg. »Vielleicht liegt es an der Sache mit Mike. Seitdem schwebt eine Aura um dich . . .«
Ich sah sie warnend an, aber Jamaica fuhr fort: »Ich verstehe es einfach nicht. Mike war ein guter Schwimmer. Ich bin oft mit ihm um die Wette geschwommen, also warum . . .«
»Der Pazifische Ozean ist nicht das Hallenbad von Rostock, okay? Und können wir bitte das Thema wechseln?«
Ich wollte nicht so harsch klingen, aber ich ertrug es einfach nicht, über Mike zu sprechen, nicht mit ihr, nicht mit einer lispelnden Schulpsychologin, mit niemandem. Gestern nicht, heute nicht und so lange nicht, bis . . . ja, bis was?
»Tut mir leid«, erwiderte Jamaica zerknirscht. Man konnte gegen sie sagen, was man wollte, aber sie kapierte wenigstens sofort, was in mir vorging. »Was hat er denn nun gesagt?«
»Wer?«
Sie rollte theatralisch mit den Augen. »Na, Finn!«
Bevor ich antworten konnte, betrat der Dunkelmann, unser Physik- und Chemielehrer, den Raum. Mit diesem schlurfenden Gang, bei dem ich mich stets wunderte, wie er überhaupt vom Fleck kam.
Als er in dem für ihn typischen langsamen Tonfall den Unterricht begann, klinkte Jamaica sich aus. Ihr Gesicht drückte aus: Bin beschäftigt.
Eine Trägheit zog ins Klassenzimmer ein, als hätte jemand ein

Schlafmittel über den Raum gekippt. Das allgemeine Gähnen steckte an und das Package nickte ein. Sein Kopf sank auf den Tisch.

Ich startete ein paar halbherzige Versuche, gegen die allgemeine Müdigkeit anzukämpfen und aufzupassen, aber es wollte mir nicht recht gelingen. Mein Kopf tat noch immer weh und meine Nase fing an zu laufen.

Der Dunkelmann sprach gerade über die Anziehungskraft und die Abstoßung zwischen Stoffen und Materialien, als es plötzlich klopfte. Alle waren erleichtert über die Abwechslung, sogar der Dunkelmann. Ungewohnt energisch schritt er zur Tür, um sie zu öffnen.

Zwei Polizisten standen im Zimmer. Einer von ihnen war Herr Berger, Carlottas Vater.

Die Polizei.

Mitten im Unterricht.

Ich erstarrte und wollte mich vollständig auflösen, unsichtbar werden, einfach in der Luft verpuffen.

Seit Monaten hatte ich Angst vor diesem Moment. Denn dass die Polizei hier war, konnte nur eines bedeuten.

Sie hatten Mike gefunden.

Adventure Level I

Aufgeregt begleitete der Dunkelmann die beiden Polizisten hinaus auf den Flur. Augenblicklich setzte Getuschel ein. Blicke trafen mich, aus denen Neugierde sprach.
Allein Jamaica verlor nicht die Ruhe, sondern stand auf, um einen ihrer Stand-up-Raps zu improvisieren. Die Texte und Melodien flogen ihr einfach zu. Es würde mich nicht wundern, wenn sie einmal als Rapperin Karriere machen würde.
Jetzt bewegte sie sich geschmeidig wie eine Schlange zwischen den Bankreihen und faselte etwas von zwei Cops, Schock und Tagen, an denen du am besten nach dem Aufstehen dein Testament machst, denn er wird enden wie ein Actionthriller aus Hollywood.
»Happy End ausgeschlossen«, wiederholte sie den Kopf Richtung Fußboden gerichtet, während ihre langen braunen Hände sich auf- und abbewegten.
Nur ein Teil der Klasse kicherte, der Rest verhielt sich ungewöhnlich ruhig. Carlotta griff unter der Bank nach Valeries Hand, während Ruven gleichgültig zum Fenster hinausstarrte.
Ich saß noch immer regungslos an meinem Platz und jede Faser meines Körpers war angespannt. Mein Herz hämmerte so laut, dass ich glaubte, es müsste jeder hören.
Die Tür öffnete sich und der Dunkelmann kam mit ungewöhnlich ernster Miene zurück. Die Polizisten waren im Flur geblieben.
Ich erhob mich unwillkürlich, doch zu unserer Überraschung wandte er sich an Carlotta und Valerie: »Würdet ihr mich bitte begleiten?«

Die beiden erhoben sich augenblicklich.
Meine verkrampften Finger lösten sich, ich hatte gar nicht gemerkt, wie ich sie in die Tischkante gekrallt hatte. Erleichtert starrte ich Carlotta und Valerie nach, wie sie den Klassenraum zusammen mit Herrn Dunkelmann verließen.
»Was ist da los?«, zischte Jamaica aufgeregt.
Ich zuckte mit den Schultern. »Keine Ahnung.«
»He, Ruven«, rief sie. »Haben die Golden Girls etwas angestellt?«
Ruven grinste nervös, doch eine ausführliche Antwort blieb ihm erspart, da Herr Dunkelmann in der nächsten Minute zurückkehrte und den Unterricht fortsetzte. Wenige Augenblicke später war er bereits wieder in sein langsames Sprechtempo verfallen, das sich wie seine Schritte nur mühsam vorwärtsbewegte.
Jamaica kritzelte in ihrem Heft herum, notierte Textzeilen ihres Songs oberhalb der Definition der Lorentzkraft.
Ruven saß, die Augen geschlossen, nach hinten gelehnt. Die Beine angewinkelt, bemerkte ich die neuen Chucks an seinen Füßen. Hellbraun und mit der Aufschrift: Dr. Romanelli. Kopierte er Finn?
Und das Package legte wieder den Kopf auf den Tisch, um vor sich hin zu dösen.
Irgendwann endete auch diese Stunde. Aber Carlotta und Valerie tauchten nicht wieder auf.

Der Lärm auf dem Pausenhof wurde von durchdringendem Gekreische übertönt. Ich wandte den Kopf zum Himmel und blickte dem Schwarm Kraniche nach. Die Vögel flogen in der für sie typischen Dreiecksformation und riefen sich irgendetwas zu: Ein unheimliches Geschnatter, ein unaufhörliches Gekreische erklangen aus den Wolken.
Die Klingel zum Pausenende ertönte, aber gerade als ich von

meiner Bank aufstehen wollte, ließ sich Jamaica atemlos neben mich fallen.
»Hast du es schon gehört?« Sie zog an meiner Jacke.
»Was?«
»Barbie ist verschwunden.«
»Lisa?«
»Die beiden Polizisten sind wegen ihr hier!«
»Wie verschwunden?«
»Anscheinend ist sie vom Tanzkurs nicht nach Hause gekommen.« Für einen Moment trat ein ernster Ausdruck in Jamaicas Gesicht.
»Lisa wollte doch unbedingt nach dem Kurs nach Hause.« Verständnislos schüttelte ich den Kopf. »Sie hat doch noch so gejammert.«
»Aber genau da ist sie nicht angekommen.«
»Wo soll sie denn sein?«
»Was für eine Frage!« Jamaica beugte sich näher zu mir herüber. »Ich glaube, Lisa wurde entführt!«
Ihre dunklen Augen blitzten herausfordernd und mir war klar, dass Jamaicas Fantasie mal wieder auf Hochtouren lief. Schauermärchen und Gruselgeschichten liebte sie noch mehr als Hendrik.
»Entführt? Hier bei uns in der Gegend?«
»Sag mal, wie war das gestern noch?« Jamaica legte die Stirn in Falten. »Sie ist mit den anderen weg, oder?«
Ich wollte gerade antworten, als sie mir den Ellbogen in die Rippen stieß.
Auf der Freitreppe erschienen Herr Berger und sein Kollege. Ihnen folgte unser Direktor, dessen Gesichtsausdruck hilflos wirkte, wie immer, wenn er etwas anderes als die Hausordnung besprechen musste.
Unwillkürlich versammelten sich die Schüler vor der Freitrep-

pe. Lisas Verschwinden hatte sich offenbar schnell herumgesprochen. In den Blicken war nicht nur die Neugierde zu erkennen, sondern noch etwas anderes: Sensationslust.
Hätte Jamaica mich gelassen, wäre ich zurückgeblieben, hätte mich irgendwo verkrochen. Half es einem weiter, wenn man jedes Unglück kannte?
Nein!
Doch Jamaica hielt meine Hand fest umklammert. Ihre Finger waren eiskalt vor Aufregung. Ja, sie schienen geradezu an meinen festgefroren. Jedenfalls konnte ich meine Hand nicht aus ihrer lösen. Sie zog mich durch die Menge hindurch, hatte ein unglaubliches Geschick, die Lücke zu finden, durch die sie kriechen konnte, bis wir schließlich ganz vorne an der Treppe standen. Ich spürte die angespannte Stille. Jeder wartete darauf, dass der Direktor etwas sagte.
Doch stattdessen trippelte die Konrektorin Frau Kraushaar in ihren Stöckelschuhen die Stufen hinunter. Ihr dünnes mausbraunes Haar klebte vor Aufregung an ihrer Wange, vergeblich versuchte sie, es aus dem Gesicht zu streichen. Stattdessen wurden die Strähnen in ihren Mund geweht, als sie uns laut bat, endlich in unsere Klassenzimmer zurückzukehren, schließlich habe die Glocke schon lange das Ende der großen Pause angezeigt.
»Schon lange!«, wiederholte sie. »Ich weiß nicht, was ihr noch hier draußen wollt.«
Dabei war klar, weshalb wir herumstanden. Lisas Verschwinden betraf uns alle. Aber wie immer erfuhren die Betroffenen die Wahrheit zuletzt.

Auf dem Nachhauseweg fuhr ich an der Praxis meines Vaters vorbei. Vielleicht wusste er etwas Neues. Als Landarzt wurde er stets sofort nach der Polizei über jedes Unglück informiert. Au-

ßerdem war mir eingefallen, dass er heute Morgen zu Lisas Eltern gerufen worden war.
Doch sein Landrover stand nicht auf dem Parkplatz, also war er unterwegs.
Ich stieg wieder auf mein Fahrrad, trat fest in die Pedale und innerhalb von wenigen Minuten war ich auf der Landstraße, die direkt zu unserem Haus führte. Meine Erkältung war nicht schlimmer geworden, aber trotzdem sehnte ich mich danach, in mein Zimmer zu verschwinden und mich ein bisschen hinzulegen.
Aber einen Moment später merkte ich, dass mir jemand folgte. Automatisch wurde ich langsamer und fuhr an den Straßenrand, doch plötzlich erstarb das knatternde Geräusch hinter mir. Der Fahrer des roten Rollers zog den Helm ab.
»Hey«, sagte Finn.
»Hey.«
»Du wohnst im Schloss, oder?«
»Es ist kein Schloss«, erwiderte ich mechanisch. »Sondern ein Gutshaus aus dem 18. Jahrhundert. Es war nie ein Schloss. Nur die Leute hier nennen es so.«
»Ich will zum alten Hotel. Hast du Lust mitzukommen?«
»Das abgebrannt ist?«
»Genau das!«
»Was willst du denn dort?«
»Meine Mutter interessiert sich dafür. Will es vielleicht wieder eröffnen, wenn das Restaurant erst mal läuft.«
»Ach so.«
»Außerdem hat man aus dem obersten Stockwerk eine tolle Sicht über den Gespensterwald bis zum Meer. Also was ist, kommst du mit?«
»Jetzt gleich?«
»Warum nicht?«

Hatte Jamaica recht und Finn interessierte sich für mich? Mein Herz begann aufgeregt zu klopfen und meine Erkältung war plötzlich wie weggewischt.

»Okay.«

»Dann treffen wir uns dort?«, fragte er.

Ich nickte und stieg auf das Fahrrad.

Finn wollte gerade den Helm überziehen, als plötzlich ein merkwürdiges Lächeln auf seine Lippen trat. »Hast du keine Angst? Du weißt, es ist verboten, das Gebäude zu betreten. Es soll dort spuken!«

»Gefährlich ist dort nur, dass das Gebäude seit dem Brand vom Einsturz bedroht ist, sagt mein Vater.«

»Glaubst du nicht an Gespenster?«

»Nur an Menschen mit zu viel Fantasie.«

Finn lachte und mein Herz verwandelte sich plötzlich in ein Karussell. Es begann sich so fröhlich zu drehen, dass mir schwindelig wurde.

Der Kaiser

Ein Chaos aus Schutt, Abfall und Schrott übersäte den vom Rauch geschwärzten Fußboden. »Igitt, was für eine Müllhalde!« Widerwillig stieg ich über eine schimmelige Matratze, die in der ehemaligen Empfangshalle des Hotels lag, und starrte angewidert auf leere Flaschen mit abgeblättertem Etikett, vergilbte Zeitungen, Zigarettenstummel, leere Medikamenten-Packungen sowie eine alte verdreckte Jeans.

»Ein Paradies für die einsame Jugend in der Einöde«, erklärte Finn. »Ich habe gehört, hier geht am Abend total der Punk ab.«

»Nur gehört?«, fragte ich neugierig.

»Ich komme lieber tagsüber her, wenn ich über etwas nachdenken muss. Dann gehe ich hoch in das vierte Geschoss. Dorthin verirrt sich nur selten jemand.«

Er lief zur Treppe, die sich inmitten der Halle in die Höhe schwang. Die Stufen waren verfallen, von dem Geländer hatte das Feuer nicht viel übrig gelassen.

Es war lange her, seitdem das Hotel abgebrannt war. Früher hatte es zu den luxuriösesten Häusern an der Ostsee gehört. Sogar Wilhelm II. hatte hier einmal übernachtet.

Je höher wir stiegen, desto besser konnte ich mir die ehemalige Pracht vorstellen. Der Treppenaufgang mit den breiten Stufen, der Stuck an den Wänden, hier und da waren sogar Reste von Deckenmalereien erkennbar, die vom Brand verschont geblieben waren.

Finn bog in einen langen Flur ein. Er schien sich hier wie zu Hause zu fühlen. Ganz am Ende öffnete er eine Tür.

»Hier hat er geschlafen, der Kaiser.«
»Woher weißt du das?«
»Weiß ich gar nicht«, grinste er, »ich stelle es mir nur vor.«
»Ach so.« Ich war ein bisschen enttäuscht.
Er durchquerte den Raum bis zur Fensterfront, wo eine verglaste Tür auf den winzigen Balkon führte. Die Flügel waren geschlossen, doch durch die zertrümmerten Scheiben pfiff der Wind. Mir war schrecklich kalt und plötzlich musste ich wieder niesen, gefolgt von einem heftigen Husten.
»Das ist der Staub«, sagte Finn. »Wollen wir wieder runter?«
»Geht schon.«
Er zog seine Digitalkamera hervor und fotografierte mich ausgerechnet in dem Moment, als ich wieder niesen musste.
»Oh Gott, lass das.«
Ich konnte mir vorstellen, wie ich aussah. Wahrscheinlich war meine Nase knallrot und meine Augen tränten.
»Entschuldige, aber ich konnte nicht widerstehen.« Er lächelte mich an.
Dann richtete er die Kamera auf die Fensterfront. »Wenn meine Mutter es irgendwann kauft«, erklärte er, »wird hier mein Zimmer sein.«
»Ich habe gehört, es soll nur einen Euro kosten.«
»Aber die Renovierung verschlingt Millionen.«
»Warum seid ihr eigentlich hierher gezogen, wo doch jeder wegwill? Hier gibt es nichts. Totes Land, sagt meine Mutter immer.«
»Deswegen«, sagte Finn und deutete mit ausgestrecktem Arm auf die Landschaft, die sich unterhalb von uns erstreckte.
Ich hatte keine Ahnung gehabt, wie atemberaubend der Blick war. Man konnte weit über den Gespensterwald auf die Ostsee blicken, die in diesem Moment blau aufleuchtete, bevor sie erneut hinter dem nächsten Wolkenfeld verschwand.

Ich trat neben Finn und spürte die Wärme, die er ausstrahlte, genoss den angenehmen Geruch nach Meer und erinnerte mich an Dunkelmanns Vortrag über die Welt des Magnetismus, die Eigenschaft mancher Stoffe, sich unwiderstehlich anzuziehen. Eine ähnliche Wirkung hatte Finn auf mich.
Nervös fragte ich: »Was meinst du, was mit Lisa passiert ist?«
Er zuckte mit den Schultern. »Keine Ahnung. Ich habe sie ja nicht gekannt.«
»Lisa ist nicht der Typ, der einfach abhaut.«
»Wer weiß schon, was in einem Menschen vorgeht«, sagte er und sah mich an.
Etwas passierte mit mir. Nicht so etwas Kitschiges, dass meine Knie weich wurden oder meine Beine schwach. Nein, über dem Raum schien eine magnetische Kraft zu liegen. Eine unsichtbare Macht, ich fühlte mich von dieser unerklärlichen Kraft zu Finn hingezogen. Unwillkürlich ging ich einen Schritt auf ihn zu und war nicht überrascht, als er dasselbe tat.
Jetzt standen wir dicht voreinander.
Er war um einiges größer als ich, sodass ich den Kopf heben musste, um ihn anzusehen. Rasch senkte ich wieder den Blick, wagte nicht zu denken, was nun zwischen uns geschehen könnte. Hoffte, es würde passieren, fürchtete es ebenso.
Das Schlimme: Mein Verstand setzte aus.
Das Gute: Die Last der letzten Wochen fiel von mir ab.
Das Beängstigende: Ich hatte keine Widerstandskraft.
Finn nahm mein Gesicht in seine warmen Hände.
Hoffentlich musste ich nicht ausgerechnet jetzt niesen.
Er beugte sich nach unten, hielt eine Sekunde inne, bis seine Lippen meine trafen.
Nur ein kurzer Moment.
Er ließ mich los.
Es war wie eine Halluzination gewesen. Wie der Splitter eines

Traums. Er sollte nicht aufhören, mich zu küssen! Ich legte meinen Kopf an seine Brust und wartete.
Nur das Heulen des Windes.
Das Klappern der Fensterläden.
Das Summen einer Fliege.
Schweigend standen wir einige Minuten da, bis Finns Kopf sich erneut senkte, um mich zu küssen.
Ein Geräusch ließ mich aufschrecken.
»Was ist los?«, fragte Finn.
»Ist da jemand?«
»Nur der Wind.«
»Nein, da draußen ist jemand.«
In diesem Augenblick fiel die Tür hinter uns ins Schloss. Etwas krachte. Erschreckt fuhren wir herum. Über unseren Köpfen flog ein großer weißer Vogel durch die zerbrochene Scheibe nach draußen.
»Nur eine Möwe«, beruhigte mich Finn. Er grinste, zeigte eine Reihe blendend weißer Zähne: »Sie hat uns beobachtet. Jetzt weiß es morgen die ganze Schule.«
Ich lachte, doch beruhigt war ich nicht. Mein Gefühl sagte mir, dass jemand hier war.
Jemand hatte uns beobachtet.

Als ich nach Hause kam, stand der Landrover meines Vaters in der Auffahrt. Ich stellte mein Fahrrad ab und durchquerte den Garten, um das Haus durch den ehemaligen Dienstboteneingang zu betreten, den meine Eltern zum Wintergarten umgebaut hatten.
Ich war völlig außer Atem und hatte ein schlechtes Gewissen, weil ich mich zum Essen verspätet hatte. Das gab mit Sicherheit Ärger.
Aber – ich hielt für einen Moment inne und spürte wieder diese

unbändige Freude, die sich in mir ausbreitete – das war es mir wert gewesen.
Ich schob gerade die Glastür auf, als ich verblüfft registrierte, dass meine Mutter lachte.
Wann hatte Mam das letzte Mal gelacht?
Dann eine Stimme, die etwas sagte.
Durch meinen Körper ging ein Stromstoß. Ich sah wieder das Gesicht am Rückfenster des beleuchteten Autobusses und die Gestalt im Garten, hörte die verzweifelte Stimme meiner Mutter: Mike kann noch am Leben sein!
Ich rannte durch den Wintergarten und riss die Tür zum Wohnzimmer auf.
Mam saß neben meinem Vater auf dem Sofa. In ihrem Gesicht las ich etwas, das ich lange vermisst hatte: Aufregung, Erwartungsfreude, Optimismus. Ihre Wangen waren gerötet.
Dennoch, obwohl ich sie lächeln sah, spürte ich eine unbestimmte Furcht in mir. Sie kroch von den Zehen aus langsam nach oben, als ob der gefrorene Tau, der jetzt morgens auf den Feldern lag, in meinen Körper einzog. Mir war plötzlich kalt. Ich zitterte. Ob vor Kälte oder Angst – ich konnte das Gefühl nicht benennen.
Er saß mit dem Rücken zu mir.
Vertraute blonde halblange Haare, die sich im Nacken kringelten.
»Warum hast du die Haare eines Engels und ich die eines Teufels?«, hatte ich Mike gefragt.
»Weil ich ein Erzengel bin«, hatte er gegrinst. »Deswegen heiße ich ja auch Michael. Aber du bist wie der Teufel. Misstrauisch, neidisch und vor allem verdammt missgünstig.«
Ich musste husten.
Laut und unüberhörbar, ich konnte gar nicht mehr aufhören.
»Sofie, da bist du ja«, hörte ich meine Mutter rufen. »Oh, mein

Schatz, du bist ja krank. Hast du Fieber?« Sie sprang auf und legte die Hand auf meine Stirn.
Schatz? – Wann hat sie mich zum letzten Mal so genannt? Irgendwann in meiner frühkindlichen Phase vielleicht? Als sie noch dachte, dass meine schwarzen Locken lediglich ein Fehler der Natur wären? Denn sowohl sie wie auch mein Vater waren blond. Nur ein Grund, weshalb ich immer dachte, ich sei adoptiert.
All das ging mir durch den Kopf, während ich keine Luft mehr bekam, so stark musste ich husten.
»Nein, allenfalls ein bisschen erhöhte Temperatur«, erklärte sie an meinen Vater gewandt.
Nun drehte sich der Junge im Sessel um und erhob sich.
Er trug dieses American-Sunnyboy-Lächeln im Gesicht. Helle Jeans, darüber eine dunkle Jacke. Darunter ein grau-weiß geringeltes Sweatshirt mit Kapuze. Und Turnschuhe von Nike.
Keine Ähnlichkeit.
Nicht im Entferntesten.
Wie hatte ich das nur denken können?
»Hallo, ich bin Tom«, sagte er in gebrochenem Deutsch.
Er streckte mir die Hand entgegen. »Du musst Sofie sein.«
Tom, dachte ich und die Enttäuschung schwappte über mir zusammen wie eine Welle. Nach allem, was passiert war, hatte ich ganz vergessen, dass er heute ankam.
»Tom stand plötzlich vor der Tür«, hörte ich meinen Vater sagen. »Dabei hätte ich dich doch vom Bahnhof abgeholt«, wandte er sich an unseren Gast.
»Kein Problem, der Flieger ist früher gelandet als geplant und ich wollte Ihnen keine Mühe machen.«
Meine Mutter strahlte ihn an. »Dann können wir ja jetzt essen.«
Über Toms Gesicht huschte ein Ausdruck von Unsicherheit. »Just a moment«, sagte er leise und knetete verlegen seine Hän-

de. »Vielleicht – würden Sie sich bitte noch einmal setzen? Ich muss Ihnen etwas sagen – wegen . . . Mike.«
Das Gesicht meiner Mutter wurde starr. Was jetzt kam, wollte sie nicht hören, so viel war sicher.
Aber ich! Und Gott sei Dank sagte auch mein Vater entschieden: »Wir wollen alles wissen, Tom.«
War das der Moment der Wahrheit?
»Bis jetzt habe ich niemandem davon erzählt, weil ich es Mike versprechen musste. Aber jetzt, wo ich hier bin . . . Mike . . .«
Tom stockte, suchte nach den richtigen Worten. »An dem Abend, bevor er zum Tauchen aufbrach, da meinte er, er würde vielleicht wegfahren. Er müsse eine Zeit lang verschwinden, um nachzudenken.«
Den Schimmer von Zuversicht und Erwartung in den Augen meiner Mutter zu sehen schmerzte. Gleichzeitig fühlte ich dasselbe wie sie: Hoffnung!
Die Spannung im Raum löste sich durch das schrille Klingeln des Telefons.
»Entschuldigt mich«, sagte mein Vater und verließ mit schnellen Schritten das Wohnzimmer.
»Er kann einfach nicht Nein sagen.« Mams Stimme klang wie immer, aber der angespannte Ausdruck in ihrem Gesicht war nicht verschwunden.
»Ein Arzt aus Berufung«, bemerkte Tom.
Wieder herrschte Schweigen. Weder Mam noch ich wagten Tom zu fragen, was sein Satz bedeutete. Ob er wirklich glaubte, Mike sei einfach weggegangen, ohne uns Bescheid zu sagen?
Nein, dachte ich, er hätte es mir geschrieben. Nie und nimmer hätte er uns in diese Unsicherheit gestürzt.
Tatsache allerdings war, dass die Polizei bis heute keine Spur von Mike entdeckt hatte.

Keine Leiche. Aber auch keine Zeugen, die ihn nach seinem Tauchgang gesehen hatten. Keine Abbuchungen auf seiner Kreditkarte.

Als mein Vater wiederkehrte, war er ganz grau im Gesicht.

»Es ging um das Mädchen aus dem Dorf, das verschwunden ist.« Unsicher sah er von mir zu meiner Mutter. »Ich hatte noch keine Zeit, es euch zu erzählen.«

»Lisa!«, rutschte es mir heraus.

»Du weißt es also schon?«, fragte er.

»Die Polizei war in der Schule.«

»Die Polizei?«, wiederholte meine Mutter. Sie wurde schrecklich blass.

Tom hatte offenbar nicht verstanden, wovon wir redeten. »What's the matter?«, fragte er und sah von einem zum anderen.

»Eine Freundin von Sofie ist gestern Abend nicht nach Hause gekommen«, erklärte mein Vater. »Sie ist spurlos verschwunden.«

»Sie ist nicht meine Freundin.« Ich schüttelte den Kopf.

»Es wird doch nichts passiert sein?«, fragte meine Mutter nervös.

»Ich habe Lisa gestern Abend noch gesehen«, versuchte ich sie zu beruhigen. »Sie war mit Carlotta und Valerie zusammen. Wahrscheinlich sind sie noch ins Eiscafé gegangen oder so. Auf jeden Fall wollte sie bald nach Hause. Bis dahin ist es ja nur ein Katzensprung. Sie wird schon wieder auftauchen.«

»Aber sie ist seit über siebzehn Stunden verschwunden«, widersprach mein Vater.

»Hat denn niemand bemerkt, dass sie gestern Abend nicht heimgekommen ist?«, wollte meine Mutter wissen.

»Ihre Eltern waren ausgegangen und haben nicht in ihr Zimmer gesehen, als sie nach Hause kamen. Sie nahmen an, dass sie schlief, und wollten sie nicht stören.«

»Woher weißt du das?«, fragte ich.
»Ich musste schon heute Morgen Lisas Mutter ein Beruhigungsmittel geben. Ich habe mit ihr geredet und dann die Polizei gerufen. Sie haben ziemlich schnell eine Suchaktion eingeleitet. Ich soll mich bereithalten, falls . . .« Er zögerte kurz. »Falls sie Lisa finden. Offenbar versammeln sich heute Abend einige der Dorfbewohner. Sie wollen sich an der Suche beteiligen.«
»Oh, my god! May I help?«, mischte sich Tom ein.
Meine Mutter schüttelte den Kopf. »Du solltest dich erst einmal von der Reise ausruhen.«
»Bis wir nicht wissen, was passiert ist«, wandte sich mein Vater an mich, »möchte ich auf keinen Fall, dass du mit dem Fahrrad alleine unterwegs bist. Ich werde dich in der nächsten Zeit zur Schule bringen und wieder abholen.«
Das bedeutete eine Rundumüberwachung. Wie sollte ich dann Finn treffen? »Aber Pa, du hast doch nie Zeit!«
»Es muss eben irgendwie gehen«, erklärte er.
Ich erhob mich.
»Willst du nichts essen?«, fragte meine Mutter.
»Ich habe keinen Hunger«, sagte ich im Gehen.
Diese bescheuerte Lisa, dachte ich boshaft. Vermutlich war sie nur auf und davon, um ihre Träume von einer Karriere als billige Schauspielerin zu verwirklichen. Sie war genau der Typ für so etwas. Ich aber hatte meine eigenen geheimen Wünsche und Träume. Finn und ich – das hatte so verheißungsvoll angefangen. Nichts und niemand sollte mir mein Geheimnis kaputt machen. Und schon gar nicht Lisa.

Im Fischrestaurant

Nur ein einziger Satz.

Mit einem einzigen Satz hatte Tom uns Hoffnung gemacht, Mike könne noch am Leben sein, alles sei nur ein schrecklicher Irrtum.

Sogar mein Vater wirkte trotz der Ereignisse um Lisa entspannter und lebhafter als die Wochen zuvor. Innerhalb weniger Stunden war in das alte Gutshaus so etwas wie neuer Lebensmut eingekehrt. Ich hörte meine Mam die Treppe hoch- und runterrennen. Sie war dabei, Mikes Zimmer für Tom herzurichten. Und wenn mich nicht alles täuschte, hatte sich der Nebel etwas gelichtet und die Sonne zeichnete sich als blasse Scheibe hinter den weißen durchscheinenden Wolken ab.

Nach der Aspirin, die ich genommen hatte, schien meine Erkältung wie weggeblasen. Ich konnte wieder klar denken und fühlte mich plötzlich völlig frei und unbeschwert.

Alles war möglich, oder?

Warum sollte Mike nicht zurückkommen?

Und die Sache mit Finn – dieses Kribbeln in meinen Fingerspitzen, mein Herzschlag, wenn ich an ihn dachte, der Wunsch, laut zu lachen: Seit Monaten war ich nicht mehr so glücklich gewesen.

Mein Vater schlug vor, wir sollten an diesem Abend zum Essen ausgehen, um Toms Ankunft zu feiern. Zu meiner Überraschung stimmte meine Mutter ohne Zögern zu. Eine lebhafte Diskussion entstand, wo wir hingehen sollten, immer wieder unterbrochen durch Toms Bitte, bloß keine Umstände zu machen. Er wäre auch mit einem Sandwich zufrieden.

»Kommt gar nicht infrage«, sagte meine Mutter bestimmt.
Ich schaute von einem zum anderen, dann holte ich tief Luft.
»Was ist mit dem Fischrestaurant am Geisterwald?«, fragte ich.
»Dort gibt es Spezialitäten hier aus der Gegend.«
»Das ist eine gute Idee«, kam mein Vater mir zu Hilfe.
»I like fish«, erklärte Tom.
Es war entschieden.

Der Parkplatz vor dem Restaurant war gut besucht und innen war kein freier Tisch zu sehen.
Eine Frau im Alter meiner Mutter begrüßte uns lebhaft.
»Wie viele Personen?«, fragte sie lächelnd.
»Vier«, erklärte meine Mutter und wiederholte: »Wir sind zu viert.«
War das Finns Mutter?
Ich betrachtete sie aufmerksam. Zu dem schwarzen Kleid trug sie eine lange weiße Schürze. Ihre halblangen rotblonden Haare lockten sich über der Stirn wie bei Finn. Ihr Gang war lebhaft und energisch, als sie uns zu einem Tisch am Fenster führte, auf dem ein Reserviert-Schild stand.
Mit einer raschen Handbewegung nahm sie es weg: »Vor fünf Minuten haben Gäste abgesagt. Des einen Leid, des anderen Freud.« Sie lachte laut und unbekümmert.
Verstohlen sah ich mich um, aber von Finn war nichts zu sehen. Warum auch, dachte ich. Es war nicht sein Restaurant. Und ich hing ja auch nicht ständig in der Praxis meines Vaters herum.
Von Weitem erkannte ich Jamaicas Mutter. Sie jonglierte in jeder Hand Teller, über die jeweils eine silberne Haube gestülpt war. Ich winkte ihr zu und sie nickte freundlich zurück.
Auch meine Mutter blickte sich neugierig um. »Wirklich schön hier.« Sie strich ihr Kleid glatt und setzte sich. Wann hatte ich sie das letzte Mal so aufgedreht erlebt? Vielleicht hatte mein

Vater recht und Tom brachte sie auf andere Gedanken. Oder – schoss mir der Gedanke durch den Kopf – sie stellt sich einfach nur vor, es sei Mike, der ihr den Stuhl zurückschob und nun den Mantel abnahm.
»Was kann ich Ihnen zum Trinken bringen?«, fragte Finns Mutter.
Der Kopf meines Vaters verschwand hinter der Getränkekarte. »Eine Flasche Sekt und vier Gläser. Wir haben einen Gast aus Australien, den wir willkommen heißen wollen.«
»Aber Sofie . . .«, wandte meine Mutter ein.
»Sofie kann in ihrem Alter ruhig einmal einen Schluck Alkohol trinken«, erklärte er, »nicht wahr, Motte?«
Ehrlich gesagt fand ich das auch und Tom kam mir zu Hilfe: »Wenn Sofie keinen Sekt bekommt, verzichte ich ebenfalls«, verkündete er. »Das nennt man Solidarität.«
Um nichts in der Welt wollte ich, dass die Stimmung am Tisch zerstört wurde. Zu lange hatten wir nicht mehr gelacht. Die düsteren Wolken der letzten Wochen schienen schlagartig verschwunden.
Und obwohl mein Verstand mir sagte, dass dieser eine Satz von Tom im Grunde genommen nichts änderte, spürte ich, wie sehr wir gerade jetzt einen Hoffnungsschimmer brauchen konnten.
»Übrigens«, meinte Tom plötzlich, »ich möchte Ihnen nicht . . . wie sagt man . . . lästig werden. Ich kann in ein Hotel ziehen.«
»Kommt nicht infrage«, erklärten meine Eltern wie aus einem Mund.
»Du kannst so lange bei uns wohnen, wie du willst«, sagte meine Mutter. »Mike . . . er hätte sicher nichts dagegen, wenn du in seinem Zimmer schläfst. Wir sind es dir schuldig, dass wir uns um dich kümmern, genauso wie du und deine Mutter euch um ihn.« Und dann fügte sie nach kurzem Zögern hinzu: »Ich bin so froh, dass du hier bist.«

In diesem Moment erschien Finns Mutter am Tisch mit dem Sekt.
Mein Vater hob sein Glas und wir taten es ihm nach. »Herzlich willkommen, Tom!«
Das Essen war ausgezeichnet. Meine Eltern und Tom waren begeistert. Ich sagte wenig – mir gingen immer noch die Geschehnisse des Tages im Kopf herum –, aber Tom bestritt sowieso einen Großteil der Unterhaltung. Er war – Mike hatte recht gehabt – ungeheuer neugierig und wissbegierig, was unsere Familie betraf. Meine Eltern schienen sich über dieses Interesse zu freuen.
»Unser Haus«, erzählte ihm gerade mein Vater die Geschichte unserer Familie, während ich mich wieder unauffällig umsah, ob ich Finn nicht doch irgendwo entdecken konnte, »wurde 1550 erstmals in einer Urkunde erwähnt.«
»Es ist wirklich toll«, schwärmte Tom. »Vor allem der Park!«
»Ja, das war auch der einzige Grund für mich, in diese Einöde zu ziehen«, sagte meine Mutter. »Hier habe ich Platz für meine Rosen.«
»Mein Urgroßvater«, fuhr mein Vater fort, »hat es erst 1890 gekauft. Er war nicht nur Arzt, sondern züchtete außerdem Pferde. Das Gestüt war hier in der Gegend ziemlich bekannt. Er hat viele Preise bei Pferderennen gewonnen. Mein Großvater wurde hier geboren und hat diese Tradition fortgesetzt.« Er nahm einen Schluck von seinem Wein. »Unsere Familie blickt auf eine lange Tradition hier in der Gegend zurück.«
»Warum haben Sie keine Pferde mehr?«
»Der Krieg«, seufzte mein Vater und strich sich mit der Hand übers Gesicht. »Meine Familie floh im Januar 1945. Mein Vater war gerade fünf Jahre alt. Sie verließen das Haus im Glauben, sie würden zurückkehren. Als er nach fünfzig Jahren endlich wiederkam, war das Haus eine Ruine. Leider starb Sofies Groß-

vater wenige Wochen nach unserem Umzug hierher. Ja, solche Geschichten kennt ihr in Australien nicht«, versuchte mein Vater die traurige Stimmung zu vertreiben. »Oder weißt du, warum deine Vorfahren nach Australien auswanderten?«

»Nein!« Tom grinste. »In Australien stammt fast jeder von Sträflingen ab. Niemand will dort so genau wissen, wer seine Urgroßeltern waren.« Er lachte und wir stimmten ein, ich lauter, als ich eigentlich wollte, vielleicht war es der Sekt, der mir zu Kopf gestiegen war. Oder war ich so aufgeregt, weil ich plötzlich Finn aus der Küche kommen sah? Mein Herz schlug laut, als ich ihn erkannte. Er trug einen Parka und Gummistiefel, als käme er gerade von draußen. Als er etwas zu seiner Mutter sagte, lachte sie und legte ihre Hand auf seine Schulter. Noch hatte er mich nicht gesehen.

Ich hatte nicht gemerkt, dass ich in seine Richtung starrte, bis meine Mutter fragte: »Kennst du den Jungen dort?«

Ich zögerte kurz.

Was sollte ich sagen?

Mam, Pa, hört mal, das ist mein Freund Finn.

Freund?

Nein! Völlig unmöglich!

Vielleicht: Mam, Pa, darf ich vorstellen? Das ist Finn, der Junge, von dem ich heute meinen ersten Kuss bekommen habe.

Unvorstellbar!

Ein Kuss, da musste man doch nicht gleich die Schwiegereltern kennenlernen!

Was hatte ich mir nur dabei gedacht, ausgerechnet dieses Restaurant vorzuschlagen? Nun saß ich hier und wusste nicht, wie ich mich verhalten sollte.

Die Lüge kam über die Lippen, bevor ich sie zurücknehmen konnte. »Keine Ahnung, wer das ist.«

In der nächsten Sekunde starrte Finn in unsere Richtung und

seinem Gesichtsausdruck konnte ich entnehmen – er hatte mich gesehen.
Hastig sah ich weg. Hoffte, er würde nicht herüber an den Tisch kommen.
»Er scheint aber dich zu kennen«, mischte sich Tom ein. Ein ironisches Lächeln lag in seinen Mundwinkeln.
»Quatsch«, erwiderte ich möglichst gleichgültig. In meinem Nacken kribbelte es, mir kam es vor, als ob Finn mich noch immer anstarrte, aber ich wagte nicht aufzublicken. Geh weg, beschwor ich ihn insgeheim. Mach schon! Ich verspreche, ich werde es dir erklären!
Finn verstand offenbar, was in mir vorging, oder empfand er dasselbe wie ich? Jedenfalls tat er mir den Gefallen und wandte sich um. Erleichtert registrierte ich, wie er tatsächlich das Restaurant verließ. Gott sei Dank! Mir wurde ganz schwach vor Aufregung.
»Nun, auch wenn du ihn nicht kennst«, konstatierte Tom, »er interessiert sich für dich.«
»Tom«, lachte meine Mutter. »Lass sie doch. Siehst du nicht, wie peinlich ihr das ist?«
»Genau!«, funkelte ich Tom wütend an. Er grinste herausfordernd zurück. Wie Mike, schoss es mir durch den Kopf. Für einen winzigen Augenblick war er wieder da: der große Bruder.
»Ich hör ja schon auf.« Tom hob die Hände. »Aber hey – wenn der Typ zu aufdringlich wird, dann sag mir Bescheid, okay?« Er wandte sich an meine Mutter. »Keine Sorge, ich passe in Zukunft auf sie auf. Schließlich ist Sofie so etwas wie eine Schwester für mich.«

Ich beobachtete die Digitalanzeige meines Weckers. Es war bereits kurz nach elf Uhr am Abend, doch ich konnte nicht einschlafen. Die Fröhlichkeit und ausgelassene Stimmung des Abends kam mir nun plötzlich übertrieben und falsch vor.

Wie hatten wir feiern können, solange wir nicht wussten, was mit Mike passiert war?
Toms Aussage, Mike habe eine Zeit lang verschwinden wollen, kam schließlich reichlich spät. Mein Vater war gut zwei Wochen in Australien gewesen. Da hätte ihm Tom doch von Mikes Plänen erzählen müssen, oder?
Andererseits: Da war Mikes Streit mit Mam vor der Abreise. Vielleicht wollte er sie einfach bestrafen? Aber nein! Es sah meinem Bruder nicht ähnlich, ohne ein Wort zu verschwinden. Genauso wenig wie Lisa.
War sie wirklich von zu Hause abgehauen, die brave, ängstliche Lisa? Ich konnte inzwischen selbst nicht mehr glauben, dass ich das gedacht hatte.
Meine Hand griff zur Stirn. Die Kopfschmerzen waren stärker als je zuvor. Hatte ich Fieber?
Aber schließlich gab es ja jetzt Finn.
Immer wieder Finn.
Wirklich, ich verstand mich plötzlich weniger als das Package die Gesetze der Physik. Erst hatte ich unbedingt in dieses Restaurant gewollt und dann fürchtete ich, er könne an unseren Tisch kommen.
Es war seltsam.
Liebe auf den ersten Blick? Klar, das machte sich gut in Romanen, aber ehrlich, konnte man einen Fremden so von heute auf morgen lieben, sich auf ihn verlassen, ihm vertrauen und sich sehnsüchtig wünschen, die Zeit nur noch mit ihm zu verbringen?
Ich wälzte mich im Bett hin und her. Bald war mir kalt, dann wieder zu warm. Bisher hatte ich das noch nie empfunden, diesen schrecklichen, intensiven Wunsch, jemanden – Finn – zu berühren, zu umarmen, zu küssen. Konnte das etwas anderes bedeuten, als dass ich verliebt war? Ohne Vorwarnung? Ohne Plan? Bedeutete das Liebe auf den ersten Blick?

Aber warum hatte ich dann abgestritten, ihn zu kennen?
Ich knipste das Licht an und griff nach dem Französischbuch. Morgen schrieb Frau Kraushaar den wöchentlichen Verbentest, mit dem sie uns jeden Mittwoch unsere Unwissenheit vor Augen führen wollte. Ich war gerade dabei, die Zeitformen zu oublier – vergessen – wie ein heiliges Mantra zu wiederholen, als ich draußen gedämpfte Laute und flüsternde Stimmen hörte. Rasch kletterte ich aus dem Bett, schlich auf den Flur und spähte hinunter in den Hof. Tom stieg gerade zu meinem Vater in den Landrover. Beide trugen Gummistiefel und Regenjacken wie in einem Hollywoodstreifen. Es fehlten lediglich die Gewehre.
Ich wusste, wohin sie wollten. Bei unserer Rückkehr aus dem Restaurant hatten wir die Nachricht auf dem Anrufbeantworter gehört: Die Polizei hatte die Suche nach Lisa bei Einbruch der Dunkelheit unterbrochen, doch die Männer im Ort wollten nicht aufgeben. Tom und mein Vater hatten angeboten, sich am Suchtrupp zu beteiligen.
Erschöpft tappte ich zurück zu meinem Bett und irgendwann schlief ich ein. Im Halbschlaf irrte ich von einem Traum zum anderen. Konfuse Gedanken schwirrten durch meinen Kopf. Als ich schweißgebadet hochschreckte, beruhigte ich mich mit der Erklärung: Der Sekt, das kann nur der Sekt sein.

Der Gespensterwald

Mein Vater brachte den Wagen vor dem Schultor zum Stehen. Mit einem Blick stellte ich fest, dass Finn dort stand. Den Helm in der Hand, schien er auf jemanden zu warten.
»Ist das nicht der Junge aus dem Restaurant?«, fragte mein Vater.
»Wen meinst du?« Ich tat so, als sei ich mit meiner Schultasche beschäftigt.
»Na, der Junge dort in dem schwarzen Mantel.«
»Keine Ahnung.«
Oh Mann! Ich tat es schon wieder!
»Er geht doch auf deine Schule und ist nicht viel älter als du. Da musst du ihn doch kennen, oder.« Er grinste. »Sag mal, hat Tom recht und er interessiert sich für dich?«
»Hey«, sagte ich betont cool. Zu cool, »ich kenn noch lange nicht jeden Penner hier, okay?« Ich beeilte mich, aus dem Auto zu kommen.
»Ich hole dich um eins ab«, rief mein Vater mir nach. »In Ordnung?«
Ich nickte, blieb am Straßenrand stehen und wartete, bis der Wagen hinter der nächsten Kurve verschwunden war. Dann ging ich langsam auf das Schultor zu.
Warum machte ich eigentlich so ein Geheimnis um Finn? Warum hatte ich meinen Vater belogen? Es gab keinen Grund – außer dass ich einfach nicht über mich und Finn sprechen wollte. Weder mit meinen Eltern noch mit sonst wem.
Ich hatte keinen Bock darauf, zum Topthema im allabendlichen

Chat zu werden. Wenn jemand von uns beiden erfuhr, würden sie quatschen, quatschen, quatschen, das war ja sonnenklar. Nein, besser, es blieb ein Geheimnis zwischen Finn und mir. Doch das Geheimnis würde nicht lange bestehen, denn Finn steuerte geradewegs auf mich zu.

»Sofie?« Der Klang seiner Stimme machte mich total kribbelig. Als würde er in irgendeine Region meines Herzens vordringen, die für den Rest der Menschheit, einschließlich meiner Familie, verschlossen blieb.

Langsam und widerstrebend drehte ich mich um. Ich wollte all das nicht fühlen. Es verunsicherte mich und machte mich verlegen, während ich gleichzeitig dieses spannende Bedürfnis empfand, ihn erneut zu küssen.

»Wer war der blonde Junge gestern Abend an eurem Tisch?«, fragte er nervös.

»Tom«, sagte ich und lächelte, denn ich hatte einen Funken Eifersucht in seinem Blick bemerkt.

»Tom wer?«

Ich atmete langsam ein. Dieses Spiel machte Spaß, auch wenn es nicht fair war. Ich wollte gerade antworten, als ihm offenbar eine Idee kam. »Hast du noch einen Bruder?«

Ich schüttelte lachend den Kopf und beschleunigte meine Schritte, aber Finn wich nicht von meiner Seite. »Wer war es dann?«

»Tom, der Freund meines Bruders. Er kommt aus Australien. Mike hat bei seiner Mutter in Brisbane gewohnt.«

»Wie lange bleibt er?«, fragte Finn, offensichtlich erleichtert.

»Keine Ahnung.«

»Du willst nicht reden, oder?«

Ich schüttelte den Kopf und dann schwiegen wir lange. Na ja, so lange auch wieder nicht. Der Weg vom Schultor bis zur Eingangstür der Schule dauerte schließlich nicht einmal zwei Minuten.

»Hat euch das Essen geschmeckt?« Finn hielt mir die Tür auf.
»Ja, es war super. Ich mag deine Mutter.«
»Ich meistens auch.«
»Wo warst du gestern Abend?«
»Warum?«
»Du hattest Gummistiefel an, als ich dich im Restaurant gesehen habe.«
»Nur am Strand.«
»Wohnst du dort?«
Er lachte laut. »Dasselbe fragt meine Mutter auch immer.«
Inzwischen hatte ich total vergessen, dass jemand uns beobachten könnte. »Was machst du dort? Nur fotografieren? Ist das nicht langweilig?«
»Langweilig? Nein! Der Mond über dem Meer, die dunklen Wellen, die Lichter der Schiffe. Möchtest du nicht einmal mitkommen?«
Ich lächelte: »Mal sehen.«
»Gibt es etwas Neues von Lisa?«, fragte er.
Ich schüttelte den Kopf. »Nein, mein Vater hat erzählt, dass sie die Suche heute Nacht für einige Stunden abbrechen mussten. Es war zu neblig.«
»Ich halte diese Suchaktion für keine gute Idee.«
»Warum?«, fragte ich verblüfft.
»Man sollte die Sache der Polizei überlassen. Die Leute aus dem Ort haben doch keine Ahnung, wie man so etwas anstellt. Die vernichten nur Spuren.«
»Aber wenn Lisa irgendwo da draußen liegt, im Moor vielleicht, im Wald oder am Strand? Möglicherweise ist sie verletzt.« Ich stockte und fuhr schließlich heiser fort: »Hauptsache, Lisa wird gefunden, damit ihre Mutter endlich Gewissheit hat.«
Plötzlich fühlte ich mich wie unter einer Glasglocke, weit entfernt von dem Lärm und der morgendlichen Hektik auf dem

Schulhof. Alle schienen sich langsamer zu bewegen. »Entschuldige«, hörte ich Finns Stimme von weit her. »Ich habe es vergessen.«
Er legte zwar nicht die Hand um meine Schultern, sondern trat lediglich einen Schritt näher an mich heran. Für andere mochte es aussehen, als gingen wir zufällig nebeneinanderher, ich aber hatte das Gefühl, er halte mich fest umschlungen.
»Schon gut«, seufzte ich, »vielleicht hast du recht. Ich kann mir übrigens vorstellen, warum das ganze Dorf mitmacht. Weil Lisas Mutter die Bürgermeisterin ist. Aber trotzdem, ich hoffe, sie finden sie bald. Ich muss immer an ihre Familie denken und wie sie sich fühlt.«
»Sie geht in deine Klasse, oder?«, fragte Finn. »Kennst du sie gut?«
Ich zuckte mit den Schultern. »Sie tat mir die meiste Zeit leid.«
»Ich habe gestern im Kurs noch mit ihr getanzt und da ist mir dieser traurige Ausdruck in ihren Augen aufgefallen.«
»Und warum bin ich dir aufgefallen?«, rutschte es mir heraus.
»Ich habe gehört, du bist superintelligent, und dachte, du könntest mir kostenlos Mathestunden geben«, lachte er.
»Nein, sag ehrlich!«
Seine Stimme veränderte sich, als er weitersprach: »Zuerst dachte ich . . .«
Verdammt, er brach ab!
Und warum?
Weil Jamaica die Treppe herunterstürzte und brüllte: »Hast du schon gehört?«
Sie stand nun direkt vor uns und zog aufgeregt an meinem Schal. Mir blieb die Luft weg.
»Weißt du es schon?«, schrie sie ungeduldig, ohne Rücksicht darauf, dass ich nicht antworten konnte, da ich einen Hustenanfall hatte.

»Was?«

»Sie haben eine Leiche gefunden.«

Ich konnte nicht aufhören zu husten.

»Mann, eine echte Leiche!«, wiederholte sie.

Für einen Moment sah sie wirklich schockiert aus, doch dann überwog die Faszination. Ihre schwarzen Augen blitzten vor Aufregung. Ich wusste, ihre Fantasie lief auf Hochtouren. Egal, wie ich reagierte, sie würde mir sowieso alles erzählen.

»Wo?«, fragte ich daher.

»Im Gespensterwald«, zischte sie aufgeregt. »Stell dir vor. Sie soll dort am Waschstein gelegen haben.« Sie machte eine Pause. »Völlig nackt«, fügte sie hinzu, aber mir war sofort klar, das Letzte hatte sie erfunden, damit die Geschichte schauriger klang.

»Am Waschstein?«, fragte Finn. »Wo ist das?«

»He«, seufzte Jamaica ungeduldig. »Du wohnst hier schon ein halbes Jahr und weißt nicht, wo der Waschstein liegt? Das ist dieser riesige Granitblock, circa zweihundert Meter vom Strand im Gespensterwald! Kennst du die Sage nicht?«

»Welche Sage?«

»Von der Jungfrau, die dort nachts ihr weißes Kleid wäscht, und sie wird nur erlöst, wenn jemand sie trifft und irgendeinen komischen Spruch sagt. Aber das ist ja jetzt egal.« Sie sprach ohne Punkt und Komma und zog mich mit sich.

Ich zögerte und drehte mich nach Finn um, aber er ging mit schnellen Schritten in die andere Richtung davon, ohne sich von mir verabschiedet zu haben.

Voll im Clinch

Der Unterricht nahm und nahm kein Ende. Doch nicht nur die Schüler waren unkonzentriert und nervös, sondern auch die Lehrer. Frau Kraushaar, die Konrektorin, vergaß völlig den wöchentlichen Vokabeltest und bemerkte nicht einmal, wie Jamaica unter der Bank irgendwelche SMS mit ihrem Handy verschickte. Sie wollte herausfinden, ob es Lisa war, die man gefunden hatte.
Beim letzten Schlag der Schulglocke stand ich frierend auf dem Pausenhof und wartete nicht nur vergeblich auf meinen Vater, sondern auch auf Jamaica. Angeblich musste sie nur kurz zur Toilette, tauchte jedoch nicht wieder auf.
Ich wollte schon zur Bushaltestelle gehen, als sie endlich aus dem Schulgebäude gerannt kam: »He, du sollst doch auf mich warten!«
Wir wollten gerade los, als wir Valerie und Carlotta fest umschlungen aus dem Schulhaus kommen sahen.
Carlottas Make-up hatte sich in seine Bestandteile aufgelöst. Das Gesicht war fleckig vom Rouge und die Wimperntusche hinterließ schwarze Streifen. Immer wieder umarmten die beiden sich schluchzend. Dann trat Frau Mader auf sie zu und sprach erschüttert auf sie ein.
»Mann, die ziehen eine Show ab«, sagte Jamaica neben mir.
»Lisa ist ihre Freundin!«
»Freundin?«, spottete Jamaica. »Die sind doch immer total gemein zu Lisa.«
»Ach komm endlich, ich habe andere Sorgen als die Streitereien der Golden Girls.«

»Nein, ehrlich! Die lagen in letzter Zeit voll im Clinch! Weil Ruven angeblich Lisa angebaggert hat.«
»Lisa?«
»Klar, sie hat sich Ruven doch geradezu an den Hals geworfen. Das war richtig peinlich.«
»Ruven und Lisa?«
»Er hat sie einfach ausgenutzt! Weil ihre Mutter die Bürgermeisterin ist. Du hättest hören sollen, wie Valerie Lisa hinter ihrem Rücken genannt hat. Nicht nur dicke Barbie, sondern Partyluder, Schlampe!« Jamaica kniff angewidert die Augen zusammen. »Und jetzt spielen sie die besten Freundinnen. Ekelhaft!«
»Wirklich, Jamaica, manchmal bist du völlig herzlos«, schüttelte ich den Kopf. »Kapierst du denn nicht, was los ist? Natürlich machen sie sich Sorgen um Lisa. Immerhin sind sie die Letzten, die mit ihr gesprochen haben!«
»Ich hab gehört, das Package hat sie nach dem Tanzkurs zusammen im Eiscafé gesehen. Und danach haben sie Lisa noch nach Hause gebracht.« Jamaica runzelte die Stirn. »Doch ich frage mich wirklich, warum unser Dornröschen nicht in ihrem Bettchen geschlafen hat.«
Mir lief eine Gänsehaut über den Rücken, aber Jamaica war schon wieder bei ihren Lästereien. »Egal, was du denkst. Ich bleib dabei, das ist die pure Heuchelei von denen! Komm, lass uns gehen. Vielleicht ist ihre Verlogenheit ansteckend und morgen früh wache ich auf und bin plötzlich völlig hysterisch.«
Offenbar war es tatsächlich ansteckend, denn im gleichen Moment, als Jamaica das Wort hysterisch ausstieß, kreischte sie auch schon schrill auf. Ihre Hand deutete Richtung Straße: »Ist das nicht Mikes Wagen?«
Jeder Muskel in meinem Körper war angespannt, mein Herz schlug schneller, mein Magen war in Aufruhr. Entsetzt starrte

ich auf den kleinen grünen VW-Käfer, der langsam vor dem Tor zum Stehen kam.
»Habt ihr das Auto verkauft?«, hörte ich Jamaica fragen.
»Nein«, erwiderte ich. »Es ist Mikes Auto und das wird es auch immer bleiben.«
»Oh mein Gott! Und wer ist dann der göttliche Typ, der jetzt aussteigt, um unsere profane Erde zu betreten?«
Bei dem göttlichen Typen handelte es sich lediglich um Tom. Suchend schweifte sein Blick über den Schulhof. Als er mich entdeckte, hob er die Hand und kam auf uns zu. Ich ging ihm entgegen.
Jamaica pfiff durch die Zähne und, so war sie nun einmal, blieb an meiner Seite wie eine Klette. Ihre Augen glänzten jetzt nicht mehr düster und rabenschwarz, sondern funkelten erwartungsvoll.
»Ich soll dich abholen«, sagte Tom lächelnd, ohne allerdings Jamaica zu beachten, deren Ellenbogen mich in die Seite traf. Ihr Blick enthielt den eindeutigen Befehl, sie vorzustellen.
»Das ist Tom«, erklärte ich.
»Tom wer?« Sie schenkte ihm ein strahlendes Lächeln. Es war neu in ihrem Repertoire an Grimassen.
»Mikes Freund aus Queensland.«
»Natürlich«, wiederholte sie. »Queensland.«
Dann deutete ich auf Jamaica: »Eine Klassenkameradin.«
»Eine Freundin«, verbesserte mich Jamaica und hob lässig die rechte Hand. »Ich heiße Jamaica.«
Für einen Moment wirkte Tom irritiert. »Ich dachte bisher, Jamaica ist eine . . .« Er musste einen Moment überlegen, bis ihm das deutsche Wort einfiel. »Insel.«
»Das ist nur mein Nickname! Mein Vater kommt aus Jamaica. Richtig heiße ich Lena Schuster, aber wer möchte schon so heißen?«

Jamaica sah Tom immer noch herausfordernd an, doch er wandte sich mir zu: »Hast du es schon gehört? Es wurde eine Leiche gefunden.«
»Sie soll im Gespensterwald gelegen haben! Stimmt das?«, mischte sich Jamaica aufgeregt ein.
Tom nickte langsam.
»Oh, was weißt du noch?« Jamaicas Stimme überschlug sich fast.
Über Toms Gesicht zog ein Schatten. Er schwieg einige Sekunden, holte tief Luft und schließlich erklärte er ruhig: »Es ist Lisa.«
Ich spürte, wie alles Blut aus meinem Gesicht wich. Selbst Jamaica war für einen Moment sprachlos.
»Woher weißt du das?«, flüsterte ich tonlos.
Er schluckte. »Weil ich es war, der sie heute Morgen gefunden hat.«

Sleeping Beauty

Ich war schon über eine Stunde unterwegs und bin immer dichter in den Wald gegangen. Ich kenne mich ja nicht aus dort und hatte Angst, mich zu verirren. Irgendwann ging ich nur noch geradeaus Richtung Strand. Es war einfach Zufall.« Tom starrte durch die Windschutzscheibe auf die rote Fassade des Schulgebäudes.

»Hast du sie gleich gesehen?« Jamaicas Kopf tauchte hinter dem Vordersitz auf. Offensichtlich überwog wieder ihre Neugier, auch wenn sie noch spürbar schockiert klang.

»Nein, sie lag versteckt in einem Gebüsch. Ich hätte sie kaum entdeckt, wenn sie nicht ein weißes Kleid getragen hätte.«

»Ein weißes Kleid?«, fragte Jamaica ungläubig. »War es voller Blut?«

Er schüttelte den Kopf. »Nein, sie sah aus, als ob sie schlief.«

»Hast du sie angefasst?«

Tom zögerte einen kurzen Moment, dann nickte er: »Ja, habe ich.«

»Ehrlich?«

»Ich wollte wissen, ob sie noch lebt. Ich habe meine Finger an . . .« Er deutete auf den Hals.

»Echt, du hast deine Hand auf die Halsschlagader gelegt?«

»Yes.«

»Was hast du dann gemacht?«, wollte ich wissen.

»Ich habe sofort mit dem Handy deinen Vater angerufen.«

»War sie verletzt?«, schrie Jamaica die Frage heraus, als bliebe nicht genug Zeit, uns die schrecklichen Details auszumalen.

Auf Toms Gesicht zeigte sich ein Ausdruck von Spannung, als überlege er, wie er am besten fortfahren sollte. Fast hatte ich das Gefühl, er genoss Jamaicas Aufregung. »Ich glaube nicht. Nein, sie sah eigentlich friedlich aus. Wie gesagt, als ob sie schlief.«
»Wahnsinn«, murmelte Jamaica und holte tief Luft. Sie schien erst jetzt zu begreifen.
Lisa war wirklich tot.
Sie hatte die ganze Nacht allein in der Kälte im Wald gelegen. Ich versuchte nicht daran zu denken, wie Lisa, die mollige, naive Lisa in ihrem weißen Kleid unter diesen kahlen Geisterbuchen gestorben war.
Tom sagte kein Wort mehr. Er schien in Gedanken zu dem entsetzlichen Augenblick zurückgekehrt zu sein, als er Lisa entdeckt hatte.
Jamaica gab jedoch nicht auf. »Aber wer kann das gewesen sein? Meinst du, Lisa hat ihn gekannt?«
»Wir wissen nicht, ob sie ermordet wurde«, protestierte ich.
»Ach, glaubst du, sie lag dort zufällig?«
Tom startete Mikes Wagen, dessen Motorgeräusch mir so vertraut war, und fuhr los. Es hatte zu regnen begonnen und die Scheibenwischer quietschten laut.
Was hatte Lisa im Gespensterwald gewollt? Mit wem war sie verabredet gewesen? Wie war sie überhaupt in den Wald gekommen?
Sie wohnte schließlich über fünf Kilometer weit entfernt. Ich konnte es nicht verstehen. Wenn Valerie, Ruven und Carlotta sie sicher nach Hause gebracht hatten, warum war sie dann noch einmal alleine weggegangen? Oder hatte sie jemand abgeholt? Dann musste es jemand gewesen sein, den sie kannte. Müsste ich ihn demnach auch kennen? Und – die Frage ließ mich nicht los – wozu das weiße Kleid?
»Meinst du, wenn die Polizei mich fragt, muss ich ihr von dem

Streit mit den Golden Girls erzählen?«, erklang erneut Jamaicas aufgeregte Stimme vom Rücksitz.
»Warum sollten sie dich fragen?«
»Sie werden uns alle fragen, was wir wissen, und dann muss ich die Wahrheit sagen, oder?«
»Ein Streit?«, fragte Tom, an mich gewandt.
Ich zuckte mit den Schultern, entschlossen, mich an keinen Gerüchten, keinem Klatsch, keinem Tratsch zu beteiligen, war ich doch selbst die letzten Wochen Gegenstand solcher Gespräche gewesen.
»Lisa hat sich mit ihren Freundinnen gestritten.« Jamaica beugte sich erneut nach vorne. Ihre Wange berührte seine Schulter und ich spürte, dass diese Nähe ihr durchaus gefiel.
»Streit«, sagte Tom und blickte konzentriert in den Rückspiegel. »So ein Streit zwischen ein paar Mädchen ist doch kein Grund, jemanden umzubringen.«

Als ich nach dem Mittagessen den PC anschaltete, waren die meisten meiner Schulkollegen damit beschäftigt, sich online über Lisas Tod Gedanken zu machen.
Lisa war nackt gewesen, nein, sie trug nur Unterwäsche, Quatsch, ein Nachthemd; sie war betrunken; sie wurde erstochen; ich habe gehört, sie liegt im Koma.
Die Jungs erfanden schaurige, gruselige Details. Blutüberströmt sei sie aufgefunden worden; ER habe ihr die Kehle durchgeschnitten, habe das Blut von ihrem Körper geleckt, nein, nur ein IDIOT würde das machen, schließlich wüsste jeder, nur über Speichel könne man die DNA feststellen.
Die Mädchen steigerten sich in eine hysterische Trauer und sprachen über Lisa wie von einer Heiligen. Ihr wunderschönes Haar, wie nett sie immer zu allen gewesen sei, wie intelligent sie war.

Jamaica hatte recht: Es war die pure Heuchelei.
Noch schlimmer wurde es, als durchsickerte, mein Vater sei an den Tatort gerufen worden. Unbekannte Mitschüler, die mich nie eines Blickes gewürdigt hatten, bombardierten mich mit E-Mails und Nachrichten, als stünde ich mit meinem Vater in ständigem Telefonkontakt und er würde mir brühwarm alle grausamen Details berichten.
Auch Jamaicas E-Mails blinkten aufgeregt. Zahlreiche Fragezeichen umgaben ihren Text, ganz abgesehen von den Smileys mit diesen entsetzten Grimassen, die aussahen, als explodierten sie vor Neugierde.
Irgendwann schaltete ich den Computer aus, zog sogar zur Sicherheit den Stecker heraus. Erschöpft warf ich mich aufs Bett. Mir war heiß und mein Kopf schmerzte. Der Schweiß trat mir aus den Poren. Ich schob es auf die Erkältung.

An diesem Tag kehrte mein Vater erst spät am Abend zurück. Die Räder seines Wagens knirschten laut auf dem Kies vor dem Haus. Ich schlich ins Treppenhaus, hörte ihn seufzen und beobachtete, wie er seinen Arztkoffer auf die Kommode im Flur stellte. Dann ging er mit schweren Schritten ins Wohnzimmer, wo meine Mutter vor dem Fernseher saß. Tom hatte nach dem Abendessen noch einen Spaziergang machen wollen.
Die tiefe Stimme meines Vaters drang bis zu mir hoch: »Nein, ich kann nichts essen.«
Meine Mutter erwiderte etwas, das ich nicht verstand. Also schlich ich zur untersten Treppenstufe, um besser hören zu können.
Plötzlich blitzte in mir die unsinnige Hoffnung auf, dass alles nur ein schrecklicher Irrtum sein könnte. Ja, ich wünschte es mir, hoffte verzweifelt, das Ganze sei nur ein Gerücht. Schließlich wusste ich es bisher nur von Tom. Und er kannte Lisa ja gar

nicht. Er irrte sich vielleicht und es war jemand anders, den er gefunden hatte. Eine Fremde, die mich und uns alle hier nichts anging. Aber nicht Lisa!

Doch einen Moment später wurde meine Hoffnung endgültig zerstört.

»Ja«, hörte ich die erschöpfte Stimme meines Vaters. »Lisa ist tot. Bereits seit vorgestern Nacht. Wir müssen die Obduktion abwarten, aber ich vermute ein Kreislaufversagen. Sie war nur leicht bekleidet und barfuß. Es war kalt in dieser Nacht.«

Eine Zeit lang herrschte Ruhe, bis mein Vater bemerkte: »Es könnte auch Sofie sein.«

Nein, dachte ich erschrocken, mir würde so etwas nie passieren. Ich würde nie mit einem Fremden mitgehen.

Aber wenn es kein Fremder war, schoss es mir durch den Kopf.

»Das Schlimmste ist«, fuhr er fort, »jeder hier im Ort kommt als Täter infrage.«

»Wir müssen auf Sofie aufpassen.« Jetzt weinte Mam. »Ich würde es nicht ertragen, wenn ich sie auch noch verliere.«

Mehr wollte ich nicht hören.

Es war zu schrecklich.

Ich sprang auf, rannte hoch in mein Zimmer und warf die Tür hinter mir zu.

Mike, schluchzte ich leise in mein Kissen, wo bist du?

Wie ich ihn vermisste!

Gerade jetzt!

Ich zog die Schublade auf, riss den Schlafanzug heraus. Das Tagebuch fiel zu Boden.

Brisbane, Mike
Night on January 1st, 2007
Stimmung: Happy New Year!
Zitat des Tages: Play hard, die young!

My sister in heart,
hier kann man die langen Unterhosen in der Silvesternacht vergessen und statt Glühwein gibt's gekühlte Cocktails, denn es ist Hochsommer! Verlockend, nicht wahr?
Während bei euch die Vorbereitungen für die Silvesterparty noch im vollen Gange sind, haben wir schon lange auf das neue Jahr angestoßen.
Tom und ich waren auf einer Fete von Freunden. Freunde? Ja – das geht hier ganz schnell. Mit Tom verstehe ich mich immer besser. Er ist ein guter Zuhörer und interessiert sich sehr für Deutschland. Nicht nur er. Hier wollen immer alle alles über den Krieg wissen, als sei ich selbst dabei gewesen. Da bin ich froh über Opas Geschichten. Habe Toms Freunden von der alten Eiche erzählt, in deren Stamm Opa mit vierzehn Jahren das Datum der Flucht und seinen Namen ritzte. Und natürlich vom Familiensilber, das er vor ihrer Flucht unter der alten Eiche vergraben hat. Vielleicht findest du den Schatz irgendwann und wirst reich!
Sie finden das alle very spannend und gruselig.
Vielleicht sollte ich doch nicht Arzt, sondern Schriftsteller werden? Was meinst du?
Aber momentan weiß ich nicht mehr, was ich will. Manchmal, wenn ich am Strand sitze, dann fühle ich mich plötzlich ganz einsam, alleine und verloren. Irgendwie ist der Himmel hier unendlich weit und ich stelle mir vor, ich könnte auch auf einem anderen Stern leben.
Erinnerst du dich, wie ich früher Mam immer gefragt habe: »Woher komme ich eigentlich?« Und sie antwortete: »Du bist von einem der Sterne gefallen, mein Schatz, direkt in meine Arme.«
Inzwischen weiß ich, dass sie recht hatte.
Warum schreibe ich dir das überhaupt? Ich wollte dir doch von

unserer Silvesterfeier erzählen.
Um Mitternacht fand die große Verbrüderung statt – Umarmungen, Schwüre: Wir werden immer Freunde bleiben. Tom war ziemlich betrunken und am nächsten Morgen hatte er einen schrecklichen Kater. Seine Kopfschmerzen müssen unerträglich gewesen sein, er ist bis jetzt nicht wieder aufgetaucht. Er fürchtet, wie seine Mutter zu werden, die, aber das erzählst du besser niemandem, Alkoholikerin ist. Schließlich bin ich bei einem Arzt aufgewachsen, da kenne ich mich mit den Symptomen aus.
Manche Leute beginnen ja ein neues Jahr mit guten Vorsätzen. Meines fängt mit Fragen an: Was soll werden im neuen Jahr? Wer bin ich?
Mann, du überlegst dir jetzt sicher, was ist eigentlich mit meinem Lieblingsbruder los?
Macht er etwa auf deprimiert?
Nein! Das war nur ein kurzer Blick auf die dunkle Seite in mir. Schluss damit!
Ach, da kommt Tom zur Tür rein. Er lässt dich schön grüßen und will wissen, ob wir zum Schwimmen fahren wollen.
Klar!
Wir werden einen Wettbewerb starten, wer am längsten unter Wasser bleiben kann.
Ich habe vor zu gewinnen!
Joy to the world!
Grüße mir my good old Europe!

Mike!

Zwei Prinzen

Könnte man doch die Zeit anhalten!
Einfach auf die Fernsteuerung drücken und Ende!
Doch das war nicht möglich und so veränderte sich die nächsten Tage das Dorf.
Bis auf eine offizielle Versammlung in der Aula, auf der der Direktor und Frau Mader jede Menge hohle Worte von sich gaben, war das große Schweigen der Erwachsenen angebrochen, während unter den Schülern Lisas Tod das wichtigste Gesprächsthema blieb. Die Angst – man konnte sie zwar nicht sehen, aber bei jedem spüren.
Und das Rätsel wurde immer größer.
Eine Nachbarin von Lisas Eltern hatte die Aussage von Carlotta, Valerie und Ruven bestätigt. Lisa war tatsächlich gegen halb zehn nach Hause gekommen, wie die Ghostriders gesagt hatten. Die Nachbarin hatte Lisa noch an der Tür gesehen, sie hatte gerade aufgeschlossen und war hineingegangen.
Weshalb sie aber noch einmal losgegangen war, blieb allen ein Rätsel.
Jamaica war überall und versuchte, wo sie nur konnte, Neuigkeiten herauszufinden. Doch die Informationen waren spärlich.
Kreislaufversagen infolge einer Überdosis K.-o.-Tropfen, die man in ihrem Blut festgestellt hatte.
Das war die Todesursache.
»Stell dir vor, sie ist einfach eingeschlafen«, flüsterte Jamaica mir während des Chemieunterrichtes zu. »Einfach eingepennt

und nicht mehr aufgewacht. Meinst du, sie hat Drogen genommen? Vielleicht hat sie sich selbst umgebracht.«

Ich versuchte die Formeln abzuschreiben, die der Dunkelmann an die Tafel kritzelte, nicht, weil ich sie unbedingt brauchte, sondern einfach, um Jamaicas Fragen auszublenden.

Ich wollte mir nicht vorstellen, was mit Lisa passiert war! Ich wollte an überhaupt nichts mehr denken!

»Hat dein Vater nicht irgendetwas erzählt?«

Ich schüttelte den Kopf und gab ihr ein Zeichen, dass sie den Mund halten sollte.

»Kannst du ihn nicht fragen?«

»Nein!«, zischte ich.

»Was ist mit Tom?«

»Mann, Jamaica!«

»Holt er dich heute wieder ab?«

»Meine Mam besteht darauf.«

»Toll! Ach bitte, Sofie! Darf ich mitfahren?«

Es sah so komisch aus, wie sie mich aus ihren runden großen Augen anbettelte, dass ich ihr plötzlich nicht mehr böse sein konnte.

»Ich finde ihn einfach extrem cool!«, flüsterte sie. »Vor allem, wenn er deutsch spricht mit diesem süßen Akzent.«

Jamaica war so damit beschäftigt, an Tom zu denken, dass sie unwillkürlich einen lauten Seufzer ausstieß. Der Dunkelmann blickte misstrauisch zu uns herüber. Ich starrte schnell auf die Tafel, während sich Jamaica nicht aus dem Konzept bringen ließ.

»Glaubst du, er würde mich zum Abschlussball begleiten?«

»Meinst du das im Ernst?«, entfuhr es mir eine Spur zu laut.

»Ich nehme an, die beiden Damen haben etwas sehr Wichtiges zu besprechen!«, ertönte in diesem Moment die energische Stimme vom Dunkelmann. »Es geht hoffentlich um Chemie.«

Im Chemiesaal wurde es still. Alle warteten auf meine Antwort, froh über die Unterbrechung.
»Aber ja, Herr Dunkelmann.« Es war Jamaica, die mich rettete. Sie war geübt in so etwas. »Ich habe da mal eine Frage zum Thema.«
»Tja, Lena, es wäre das erste Mal, dass du einen wertvollen Beitrag zum Unterricht leistest.«
Jamaica holte tief Luft und lächelte. »Ich habe etwas über das Phänomen der Chemie in der Liebe gelesen. Wissenschaftler behaupten, beim Küssen zeigt sich, ob die Chemie zwischen zwei Menschen stimmt oder nicht. Denn über den Speichel wird auch eine Art biologischer Signale ausgesandt. Stimmt das? Können wir nicht dazu einmal Experimente machen?« Dann hob sie den Kopf. Ihre Augen funkelten. »Vielleicht stellen Sie sich freiwillig zur Verfügung?«
Der Dunkelmann lief rot an.
Lautes Gegröle erfüllte den Raum.
Erleichtert hörten wir den Gong. Alle sprangen auf.
»Jamaica«, jammerte ich. »Musst du immer so übertreiben?«
»Muss ich«, grinste Jamaica. »Aber lass uns lieber verschwinden, bevor der Dunkelmann wieder zu sich kommt.«
Sie zog mich in den Flur und von dort zum Ausgang.
Carlotta und Valerie tauchten hinter uns auf, ganz in Schwarz. Seit Lisas Tod bildeten sie gemeinsam mit Ruven und weiteren Schülern aus den oberen Klassen eine eigene Gruppe, die sich stärker als je zuvor von allen anderen abschottete. Flüsternd schlichen sie durch die Schule wie die Rächer von Lisas Tod.
Jetzt verschwanden die beiden in der Toilette. Jamaica blieb abrupt stehen. »Mann«, flüsterte sie aufgeregt, »ich möchte zu gerne wissen, was mit denen los ist.«
Ich aber schaute mich nervös nach dem Dunkelmann um.
Direkt hinter mir stand Finn.

Dieser erste und einzige Kuss, den wir getauscht hatten ... es schien mir eine Ewigkeit her zu sein.
Ich hatte ihn seit zwei Tagen nicht mehr gesehen und trotz der Ereignisse hatte ich die ganze Zeit an ihn gedacht. Diese Erinnerung an den Moment im Hotel war der einzige Lichtblick in all dem Chaos um mich herum. Ich sehnte mich danach, mit ihm allein zu sein.
Die Starre, die ich die letzten Tagen spürte, löste sich auf.
»Sofie!« Seine Hand legte sich auf meine Schulter. Meine Fingerspitzen prickelten und ich hatte das Gefühl, ich könnte jede einzelne Nervenfaser spüren.
Jamaica schaute mich überrascht an. »Sag mal, gibt es etwas, das ich vielleicht wissen sollte?«
»Ich möchte Sofie nur etwas fragen«, erklärte Finn.
Jamaica wirkte für einen Moment irritiert, dann rollte sie die Augen: »Oh, klar, versteh schon! Ich gehe mal kurz für kleine Mädchen. Aber warte auf mich, Sofie. Fahrt in keinem Fall ohne mich los!«
Ich nickte und wandte mich Finn zu.
»Lange nicht gesehen.«
»Ich dich auch nicht.«
Wir schwiegen. Verlegen.
»Wo hast du gesteckt?«
Er wurde ein bisschen rot. Oder bildete ich mir das ein? »Ist doch egal.«
Wieder Schweigen.
Sag etwas, Sofie! Los!
Doch er kam mir zuvor. »Möchtest du mit mir auf den Abschlussball gehen?«, platzte er heraus.
Der Ball.
Plötzlich schien mir der Gedanke an den Abschlussball, auf den wir alle so sehr hingefiebert hatten, absurd. Und doch:

Am liebsten hätte ich sofort Ja gesagt.
»Meinst du denn, er findet statt?«
»Warum sollte er nicht?«, gab er verwundert zurück.
»Wegen Lisa.«
»Bis in zwei Wochen hat sich die Aufregung gelegt. Die Beerdigung ist vorbei. Es wird heißen, wir bräuchten eine Abwechslung und müssten zur Normalität übergehen.«
Mein Blick fiel auf die Eingangstür. Dort stand Tom. Er starrte zu uns herüber.
»Der schon wieder!«, stöhnte Finn. »Man kann dich ja nicht mehr alleine treffen. Entweder hast du Jamaica im Schlepptau oder Crocodile Dundee spielt deinen Bodyguard.«
»Seit der Sache mit Lisa darf ich nicht mehr mit dem Fahrrad fahren«, verteidigte ich mich.
»Ich könnte dich auch begleiten«, meinte er. »Ich würde dich morgens mit dem Roller abholen und nach der Schule wieder nach Hause bringen.«
Ja, dachte ich, das wäre schön.
Doch nun kam Tom auf uns zu. Ein Grinsen im Gesicht, fragte er leicht spottend: »Du kennst ihn also nicht?«
»Das ist Finn«, erklärte ich seufzend und fuhr fort: »Tom aus Brisbane. Mike hat bei seiner Mutter gewohnt.«
Tom nickte Finn kurz zu und tippte mir dann auf die Schulter: »Deine Mutter wartet mit dem Essen. Wir müssen uns beeilen.«
Er wandte sich um und ging mit schnellen Schritten auf den Ausgang zu.
»Was ist also mit dem Abschlussball?«, flüsterte Finn. Seine Hand strich eine meiner Haarsträhnen, die mir ins Gesicht fielen, zur Seite. Nur eine kurze Bewegung, doch ich hatte das Gefühl, sogar mein Atem zitterte, als ich Luft holte.
»Nichts lieber als das«, erwiderte ich.
Er lächelte.

Glücklich rannte ich Tom hinterher.
Erst als ich bereits im Auto saß, dachte ich wieder an Jamaica. Mist, ich hatte sie total vergessen. Ich drehte den Kopf. Dort stand sie am Straßenrand. Wütend die Hände in die Hüften gestemmt, starrte sie uns nach.

Die Weiße Frau

Im Wageninneren herrschte Schweigen. Ich starrte zum Seitenfenster hinaus und sah die Landschaft vorbeirauschen. Nach dem Nebel und dem trüben Wetter der letzten Wochen schien tatsächlich die Sonne. Zum ersten Mal bemerkte ich die Blumen am Wegesrand, selbst das Korn auf den Feldern war schon gewachsen und die Apfelbäume blühten weiß.

Der CD-Player spielte Mikes Lieblingslied von Linkin Park: What I've done.

»Du magst diesen . . . Wie ist sein Name?« Tom blickte mich neugierig von der Seite an.

»Finn.«

»Du magst ihn?«

»Hmm«, antwortete ich.

»Weiß deine Mutter davon?«

»Wovon?«

»Dass du einen Freund hast?«

Ich warf ihm einen Blick zu. Nein, kein Lächeln lag in seinem Gesicht, wie Erwachsene es aufsetzen, wenn sie mit Jugendlichen über Liebe reden. Als wüssten wir nicht, was das sei, sprächen über etwas, von dem wir keine Ahnung hätten.

Dabei gehört Liebe zu den Dingen, die man nicht lernen muss. Man braucht darüber keine Bücher lesen. Sie wird auch nicht in der Schule gelehrt. Da gibt es nichts zu rechnen, auswendig zu lernen. Eine Sache ohne Formeln, ohne physikalische Gesetze. Sie ist einfach da oder nicht. Manchmal glaubte ich sogar, wir wüssten mehr als die Erwachsenen darüber. Die seufzten doch nur die ganze Zeit, wenn es um die Liebe ging, und sagten: »Ach, das ist nicht so einfach. Liebe muss man sich erarbeiten.«

»Er ist nicht mein Freund«, widersprach ich halbherzig und dachte: Noch nicht.

»Gott sei Dank«, antwortete Tom. »Ich glaube nicht, dass das deiner Mutter recht wäre.«

Verblüfft wandte ich mich ihm zu.

»Warum denn das?«

Er wollte offenbar etwas sagen, doch dann schwieg er.

»Was ist?«, beharrte ich.

»Ich meine nur«, erklärte er zögernd. »Er ist schließlich neu hier, oder?«

»Wie neu?«

»Na ja, er wohnt noch nicht lange in der Gegend.«

»Woher weißt du das?«

»Das Restaurant ist neu.«

»Damit soll meine Mutter ein Problem haben?«

»Ich habe Gerüchte gehört.« Er zuckte mit den Schultern und starrte auf die Straße vor uns. Ich konnte sehen, wie seine Wangenmuskeln zuckten.

»Gerüchte?«

»Er wohnt nun mal nicht weit vom Wald entfernt.«

»Na und?«, hörte ich mich verwundert fragen, während mein Kopf dröhnte vor Aufregung.

»Dein Freund, wie war noch mal sein Name . . .?«

»Finn!« Ich spürte, wie ich wütend wurde.

»Finn soll sich dort öfter aufhalten.« Er setzte den Blinker und fügte hinzu: »Habe ich gehört.«

Ich runzelte die Stirn. Tom war erst seit Kurzem hier, aber er wusste schon ganz schön viel über uns alle.

»Finn fotografiert eben gerne.«

Er bremste abrupt und kam quietschend an der roten Ampel zum Halten. »Er fährt einen Roller, oder?«
»Warum?«
Er zögerte unmerklich. »Im Wald hat man Reifenspuren entdeckt. Von einem Roller.«
Mir war nicht sofort klar, worauf Tom hinauswollte, bis ich verstand: »Du glaubst doch nicht, Finn hat etwas mit Lisas Tod zu tun?«
Dieser Verdacht erschien mir nicht nur absurd, er verschlug mir die Sprache. Ich spürte, wie mein Herz vor Empörung laut schlug. »Klar fährt er einen Roller. Und wie du schon sagst, er fährt viel in der Gegend herum.«
Tom gab keine Antwort.
»Finn kannte Lisa überhaupt nicht!«
»Wenn du meinst«, erwiderte er, mit den Schultern zuckend. »Ich habe ja nur diese Gerüchte gehört und will nicht, dass deine Mutter sich Sorgen macht.«
»Gerüchte? Was denn für Gerüchte?« Ich war selbst überrascht, dass ich schrie, aber er ging mir auf die Nerven mit seiner Geheimnistuerei. Diesem Gesichtsausdruck: Hier kommt der Secret Service!
Die Ampel schaltete auf Grün. Tom fuhr los. »Es soll hier seit Kurzem einen Geheimbund von Jugendlichen geben«, sagte er.
Ich gab keine Antwort.
»Und niemand weiß genau, wer dazugehört!«
»Na und?«
»Vielleicht ist ja Finn derjenige, der ihn organisiert.«
»Finn?« Es wurde immer absurder.
»Zumindest gibt es Leute, die das denken.«
»Welche Leute?«
Tom zuckte mit den Schultern.

»Ehrlich«, ich begann zu lachen, »er wäre der Letzte, der sich an so etwas beteiligt. Finn ist ein Einzelgänger.«
»Ein Einzelgänger«, Tom hob kurz die Hände vom Lenkrad, »der stundenlang in der Gegend herumstreift, und keiner weiß genau, was er so treibt. Warum hält er sich von allen fern?«
»Du bist verrückt!«
»Sorry, ich erzähle dir nur, was ich gehört habe.«
»Und was hast du sonst noch gehört?«, fragte ich spöttisch.
»Die Gruppe hält ihre Geheimtreffen in dem abgebrannten Hotel ab.«
Das Hotel! Finn hatte mich dorthin geführt.
»Du bist ja wirklich gut informiert«, bemerkte ich möglichst gleichgültig.
»Man muss nur mit den Menschen reden. Außerdem hat mir Mike viel über die Gegend und die Leute hier erzählt. Mir kommt es vor, als kenne ich euch alle schon seit Jahren. Nur von diesem . . . wie ist noch sein Name?«
»Finn!«, zischte ich wütend.
»Von ihm hat er nie gesprochen.«
»Konnte er ja auch nicht«, gab ich zurück. »Er wohnt erst seit einem halben Jahr hier.«
»Genau!« In diesem kurzen Wort schwang ein Argwohn mit, der mich wahnsinnig machte. Und ich war wütend, dass Tom meinen Bruder erwähnte. Als ob Mike mich persönlich vor Finn warnen wollte.
»Mike hat dir viel zu viel über uns erzählt.«
Tom lachte. »Kann sein, aber ich fand seine Geschichten interessant. Die von der Weißen Frau zum Beispiel.«
»Du meinst die Geschichte vom Waschstein?«
Er schaute kurz zu mir herüber. »Findest du das nicht auch seltsam?«

»Was?«
Das Auto bog in unsere Einfahrt ein.
»Lisa wurde nicht weit von dem Stein gefunden und sie trug ein weißes Kleid.« Ein merkwürdiger Ausdruck ging über sein Gesicht. »Vielleicht hat das was mit der Geschichte zu tun?«
»Du glaubst doch nicht etwa an Geistergeschichten?«
Er lachte erneut. »Nein, wahrscheinlich hast du recht und das sind alles nur Gerüchte.«

Alles nur Gerüchte.
Vielleicht.
Aber sie waren wie ein schleichendes Gift. Während sich meine Mutter und Tom beim Essen darüber unterhielten, ob sie ein neues Rosenbeet anlegen sollten, dachte ich die ganze Zeit nur darüber nach, was die Rollerspuren im Wald zu bedeuten hatten. An dem Abend, als wir im Restaurant gewesen waren, wann war da Finn erschienen? Wie hatte er ausgesehen? Er hatte Gummistiefel angehabt, das wusste ich noch. Aber sonst war mir nichts auffällig vorgekommen.
»Die alten Bäume hier im Park«, hörte ich Tom, »sind einfach wunderbar. Wenn ich mir vorstelle, die stehen da seit Hunderten von Jahren.«
»Leider mussten wir einige fällen.«
»Oh, wie schade.«
»Mein Mann fürchtete, sie könnten bei einem starken Wind umstürzen. Hier in der Gegend haben wir immer wieder orkanartige Stürme.«
»Und das ist Ihnen nicht schwergefallen?«
»Natürlich, mein Mann war sehr traurig. Die Eiche zum Beispiel, die man zur Geburt seines Großvaters gepflanzt hatte, die hätte er gerne stehen lassen.«
»I love this house«, erklärte Tom meiner Mam.

»Mike . . .«, meine Mutter atmete tief durch, »hat es auch sehr geliebt.«
Ich wusste genau, was in ihr vorging. Wie ich hoffte sie, ja sie sehnte sich danach, Tom möge noch etwas über Mikes Pläne erzählen, darüber, dass mein Bruder einen Ausflug machen wollte, um nachzudenken.
Nachdenken, dachte ich, worüber wollte er nachdenken?
Doch Tom schwieg, wie er überhaupt Mikes Namen seit dem ersten Abend nicht wieder erwähnt hatte.
Ich beobachtete, wie Mam kurz davor war, in Tränen auszubrechen.
»Übrigens«, sagte ich schnell, »nächste Woche findet der Abschlussball statt.«
Stille.
»Tom«, sagte meine Mutter »würdest du Sofies Tanzpartner sein?«
Tom lächelte mir zu. »Natürlich! Gerne!«
»Aber«, widersprach ich entsetzt, »Finn hat mich bereits eingeladen.«
»Welcher Finn?«
»Finn Jansen, seiner Mutter gehört das Fischrestaurant.«
Meine Mutter runzelte die Stirn. »Hast du nicht gesagt, du kennst den Jungen nicht?«
Ich gab ihr keine Antwort.
Sie warf mir einen seltsamen Blick zu. »Tut mir leid, Sofie. Aber das kommt überhaupt nicht infrage. Solange nicht geklärt ist, was mit Lisa passiert ist, wird Tom dich begleiten. Ihm vertraue ich.«
»Aber Mam!«
»Keine Diskussion! Entweder Tom oder du bleibst zu Hause!«
Meine Mutter stand auf und begann, den Tisch abzuräumen. Tom erhob sich, um ihr zu helfen. Es war wie früher, wenn sie

sich mit Mike gegen mich verbünden wollte. Nur hatte Mike sich nie darauf eingelassen.
»Tom«, erklärte sie nun, während sie die Teller aufeinanderstapelte, »du kannst dir einen von Mikes Anzügen nehmen. Er wird dir passen. Ihr habt dieselbe Größe und Figur.«
Ich konnte es nicht glauben. Mam bestimmte, mit wem ich zum Abschlussball ging!
Nicht mit mir! Ich traf meine eigenen Entscheidungen!

Crocodile Dundee

Die nächsten Tage hatte ich keine Gelegenheit, mit Finn zu sprechen. Tom brachte mich zur Schule und holte mich wieder ab. Sobald ich aus dem Schulgebäude trat, war er schon da.
Lisas Beerdigung war endlich vorbei. Die ganze Schule hatte daran teilgenommen. Es war schrecklich gewesen. Ihre Mutter hatte die ganze Zeit laut geschluchzt und Mam, das war das Schlimmste, waren die Tränen über das Gesicht gelaufen, ohne dass sie einen Ton von sich gab. Ich wusste, sie hatte jeden Augenblick an Mike gedacht.
Daher war ich froh, dass Jamaica nach der Beerdigung mit zu uns kam. Beim Mittagessen plauderte sie sorglos mit Tom und meinen Eltern. Erzählte aufgeregt von der Insel Jamaica und ihrem Plan, irgendwann dorthin zu reisen, um ihren Vater zu suchen. Ihre Unbeschwertheit hatte Mam sogar dazu gebracht, einmal zu lächeln. Dafür war ich ihr dankbar.
Nun saß ich am Schreibtisch und versuchte vergeblich, die physikalischen Gesetze des Magnetismus in den Kopf zu bekommen. Es war kaum möglich, denn in meinem Kopf spukte noch immer herum, was Tom über Finn gesagt hatte.
»Sofie, kannst du die Bücher nicht endlich zur Seite legen? Bei den ganzen Formeln, da kriegst du ja einen Augenschaden, du zerstörst deine Gehirnzellen damit«, hörte ich Jamaica.
»Quatsch!«
Sie seufzte lange und anhaltend. »Und weißt du, wohin ER verschwunden ist? Der konnte es ja gar nicht abwarten, vom Essen aufzustehen!«

»Wer?«, fragte ich betont gleichgültig und musste mir ein Grinsen verbeißen. Sollte sie ruhig ein bisschen schmoren.
»Na, Crocodile Dundee. Wie ist er denn so?«
»Keine Ahnung.«
»Keine Ahnung? Hey – was bist du eigentlich für eine Freundin?«, rief sie entrüstet.
Ich wandte mich um. Sie stand im Kopfstand auf meinem Bett, die Beine an die Wand gelehnt.
»Du machst mich nervös«, sagte ich.
Ihre Beine fielen aufs Bett zurück. »Und du mich wahnsinnig. Du wohnst seit fast zwei Wochen mit dem bestaussehenden Jungen, nein, jungen Mann Tür an Tür«, sie klopfte gegen die Wand, »aber du hast keine Ahnung, wie er ist?«
Ich zuckte mit den Schultern.
Jamaica hatte ja recht. Aber ich wurde nicht schlau aus Tom. Er wohnte bei uns, als sei das immer so gewesen. Er schlief in Mikes Zimmer und besonders gerne half er Mam im Garten oder unterhielt sich mit Hendrik. Tatsache war, er hatte meine Mutter aus ihrer Trauer und der tiefen Depression gerissen. Dafür war ich ihm dankbar.
Aber meinen Bruder – den würde er mir niemals ersetzen können. Und je mehr er es versuchte, desto stärker zog ich mich von ihm zurück.
»Er ist halt irgendwie«, überlegte ich, »einfach da. Meiner Mutter geht es besser, seit er hier ist.«
Jamaica seufzte, ließ sich mit dem Rücken aufs Bett fallen, seufzte erneut und fragte: »Meinst du, deine Eltern würden mich adoptieren? Meine Mutter treibt mich in den Wahnsinn. Den lieben langen Tag meckert sie an mir herum, ich solle mehr für die Schule tun, mich nicht allein in der Gegend herumtreiben . . .« Sie lachte. »Aber sie findet es gut, wenn ich viel Zeit mit dir verbringe. Du bist schließlich ein braves Mäd-

chen. Brav! Das Wort stammt ja noch aus dem letzten Jahrhundert.«
Ich ersparte mir die Antwort, dass das letzte Jahrhundert gerade einmal sieben Jahre her war.
»Aber ich«, fuhr sie fort, »ich gehöre doch eigentlich nicht hierher. Irgendwann werde ich abhauen.«
»Wohin?«
Sie seufzte. »Nach Jamaica natürlich! Zu meinem Vater!«
»Aber du kennst ihn doch gar nicht«, bemerkte ich vorsichtig. Ich wollte sie nicht verletzen, aber andererseits musste Jamaica doch irgendwann begreifen, dass ihr Vater sie im Stich gelassen hatte.
»Ich werde ihn finden«, erklärte sie bestimmt.
Es war nicht das erste Mal, dass sie davon sprach abzuhauen. Dann tat sie mir schrecklich leid. Klar, es war nicht immer einfach, mit Eltern zusammenzuleben. Davon konnte ich gerade die letzten Tage ein Lied singen. Sie schienen einfach nicht zu kapieren, wie man sich fühlte, wenn man fünfzehn Jahre alt war. Dennoch – ich wusste, wer meine Eltern waren und woher ich stammte. Dieses Haus hier war seit Generationen im Besitz meiner Familie.
»Und du darfst wirklich mit Tom auf den Abschlussball?«, fragte Jamaica nun zum tausendsten Mal.
»Ich muss!«
»Hast du Finn schon gesagt, dass . . .«
»Nein!«, fauchte ich gereizt.
»Huch, bist du heute empfindlich! Aber mit dem spricht jetzt sowieso keiner mehr«, erklärte Jamaica. »Ich habe keine Ahnung, wer das Gerücht in die Welt gesetzt hat, dass er mit Lisas Tod etwas zu tun hat, doch . . .«
Ich wandte ihr erschrocken den Kopf zu. »Wer sagt das?«
»Jeder!« Sie setzte sich auf und sah mich neugierig an. »Angeb-

lich gibt es einen Zeugen, der Finn an dem Abend im Gespensterwald gesehen haben soll. Mitten in der Nacht und bei diesem Nebel. Außerdem – und das ist echt der Hammer – soll die Polizei bei ihm gewesen sein. Sie haben angeblich seinen Roller beschlagnahmt, wegen der Reifenspuren!«

Ich schnappte nach Luft. »Woher weißt du das alles?«

»Steck du nicht immer nur den Kopf in deine Bücher, dann bekommst du auch mit, was in deiner Umgebung passiert.«

»Du hast gut reden«, erwiderte ich. »Ich komme doch hier kaum raus. Immer ist Tom dabei, um mich zu bewachen.«

Ich stand auf und ging nervös zum Fenster. Draußen bei den Rosenbeeten arbeiteten Tom und Hendrik, doch ich achtete nicht auf sie.

Die Polizei hatte Finn in Verdacht!

Sie hatten seinen Roller beschlagnahmt. Konnten die das einfach so machen?

Andererseits: Seit wann glaubte ich alles, was Jamaica erzählte? Noch dazu, wenn es um Finn ging?

»Oh«, seufzte Jamaica. Sie war neben mich getreten und sah zu Tom hinüber. »Warum kann er nicht mich bewachen? Versprich mir, dass du dir am Abschlussball den Fuß verstauchst.«

»Den Fuß verstauchst?«

»Ja! Und dann . . .« Jamaicas Fantasie schäumte wieder einmal über. »Also ich stehe nur wenige Schritte von dir entfernt und du flüsterst schwach: ›Oh Tom, ich muss mich für einige Minuten setzen. Warum tanzt du nicht mit dem hübschen Mädchen dort drüben?‹«

Sie machte ein paar wiegende Tanzschritte.

»Meinst du etwa dich mit dem hübschen Mädchen?«

»Wen denn sonst?« Sie sah neugierig zu meinem Schrank hinüber. »Warst du schon mit deiner Mutter das Kleid kaufen?«

Ich nickte.

»Welche Farbe?«
»Schwarz.«
Jamaica stieß einen schrillen Schrei aus. »Wo? Ich muss es unbedingt sehen. Oh, es ist verdammt ungerecht. Du bekommst ein neues Kleid, während ich im Grufti-Teil meiner Mutter über den roten Teppich gehen soll. Stell dir vor, es ist blau!« Sie hielt eine Sekunde inne, um anschließend hysterisch zu wiederholen: »Blau! Mit weißer Spitze! Oh Gott, sie findet es todschick! Genau, das ist es! Tod-schick! Es bedeutet mit Sicherheit meinen gesellschaftlichen Tod.«
Sie rannte zu meinem Kleiderschrank, riss die Tür auf, wühlte zwischen meinen Sachen. »Lisa soll übrigens ihr Abschlussballkleid getragen haben.«
»Was?«
»Ja, ich habe gehört, wie Valerie es erzählt hat.« Sie lachte. »Ich sage dir, die sind voll abgedreht und die absoluten Heuchler. Jedes Wort, das aus ihrem Mund kommt, ist eine Lüge. Früher haben sie hinter dem Rücken von Lisa abgelästert und jetzt machen sie auf trauernde Witwen. Ehrlich, die sind widerlich.« Jamaica schüttelte sich.
»Das ist doch nichts Neues.«
»Und dann reden sie immer in ihrer Geheimsprache miteinander.« Jamaica ahmte perfekt Valeries Tonfall nach. »Lisas Kleid hat ihr Unglück gebracht. Nur eine Närrin trägt ihr Hochzeitsgewand zum Krönungsball. Sie hat sich damit als unwürdig erwiesen.« Sie kicherte. »Carlotta ist danach dramatisch in Tränen ausgebrochen.«
»Ich habe keine Ahnung, wovon du sprichst. Krönungsball? Hochzeitsgewand?«
»So reden die eben miteinander, wenn sie glauben, es hört ihnen keiner zu.«
»Woher weißt du das alles? Die flüstern doch nur miteinander.

Da muss man ja das Gehör einer Fledermaus haben, um quer über den Pausenhof etwas zu verstehen.«
»Oh«, grinste Jamaica. »Ich habe meine eigenen Methoden. Oder ist dir nicht aufgefallen, wie viel Zeit ich neuerdings auf der Toilette verbringe? Du glaubst gar nicht, welche Geheimnisse man da erfährt.« Sie lachte laut, stand auf und ging zu meinem Schrank. »Oh, da ist ja das Prachtstück.«
Sie holte tief Luft, als sie das Kleid hervorzog, das sorgfältig in eine Plastikhülle verpackt war. Aufgeregt riss sie die Hülle herunter und wirbelte herum. Der feine Chiffonstoff des Kleides flog durch die Luft. Die Strasssteine, die wie ein Band um die Taille lagen, glitzerten im Licht.
Ich erinnerte mich daran, wie aufgeregt ich gewesen war, als ich es gekauft hatte. Ich sah anders darin aus, irgendwie erwachsener, und vor zwei Tagen hatte ich noch überlegt, was Finn wohl sagen würde, wenn er mich darin sah. Jetzt konnte ich den Gedanken daran kaum noch ertragen.
»Oh, das hat ja keine Träger!«, rief Jamaica neidisch. »Da hast du Chancen, dass es nach unten rutscht und dir jeder in den Ausschnitt starren kann.«
»Da gibt es sowieso nichts zu sehen«, erwiderte ich. Ich hatte keine Lust, weiter über den Ball nachzudenken.
»Wenn du sowieso mit Tom gehst«, überlegte Jamaica, »ich meine, Finn ist schließlich solo, da könnte ich ihn doch fragen ... oder hast du etwas dagegen?«
»Warum sollte ich?«, erwiderte ich, obwohl es mir einen Stich versetzte.
»Und es macht dir nichts aus? ... Ganz sicher?«, hakte sie nach.
»Mir doch egal«, murmelte ich, obwohl es mir in keinster Weise egal war. Aber mit meiner Mutter war nicht zu reden, ich hatte es immer wieder versucht und mein Vater flehte mich sowieso nur an, Rücksicht auf sie zu nehmen.

»Halt ein paar Tage durch, Motte«, hatte er gesagt. »Sie kommt sonst um vor Sorge. Sei meine brave Tochter.«
Brav, dachte ich, ich habe es satt, brav zu sein. Vielleicht sollte ich einfach zu Hause bleiben.
Das Klingeln des Telefons riss mich aus meinen trüben Gedanken. Ich rannte die Treppe hinunter. Abrupt hielt ich inne. Tom stand im Flur, er hatte bereits abgenommen. Seine Stimme klang fremd und kalt. Er sprach englisch.
»Meine Eltern sind nicht zu Hause.«
Eine kurze Pause.
»Natürlich!«
Dann hörte ich Papier rascheln.
»Ja, sie rufen zurück . . .«
Ich räusperte mich.
Er wandte sich um, erkannte mich auf der Treppe. Für einen Moment erschrak er, dann lächelte er mir zu, rollte die Augen und sagte: »Kein Problem.«
»Wer war das?«, fragte ich, nachdem er aufgelegt hatte.
»Oh«, erwiderte er. »Nichts von Bedeutung.«
Ich wartete auf eine weitere Erklärung, doch er blieb stumm. Stattdessen ging er, die Hände in den Taschen, auf die Haustür zu. »Ich muss zurück in den Garten. Hendrik wartet auf mich.«
Zurück in meinem Zimmer, hatte Jamaica sich inzwischen mühsam in mein Kleid gequetscht. Es reichte ihr nur knapp bis unter die Knie. Ich befürchtete, es würde jede Minute aus allen Nähten platzen. Das schwarze Kleid zu ihrer dunklen Haut! Nicht Valerie oder Carlotta – Jamaica sah aus wie eine trauernde Witwe.
Ich musste sie merkwürdig angesehen haben, denn sie fragte: »Was Wichtiges?«
»Tom hat das Gespräch entgegengenommen«, erklärte ich verwirrt.

Jamaica seufzte zum hundertsten Mal an diesem Nachmittag. »Ich sehe schon, er fühlt sich bei euch wie zu Hause! Kann ich nicht doch hier einziehen? Frag doch mal deine Eltern!«
Erst in diesem Moment wurde mir bewusst, was Tom gesagt hatte: Meine Eltern sind nicht zu Hause.
Meine Eltern?
Warum meine?

Die Gerüchteküche

Die ganze Nacht über schrie Oskar, das Käuzchen, im Park. Kein Wunder, dass ich schlecht träumte.
Was heißt schlecht?
Ich zappte im Schlaf von einem Thriller, von einem Horrorfilm zum nächsten. Und auf allen Kanälen tauchte Finn auf.
In seinen Mantel gehüllt, stand er unter meinem Fenster und starrte unverwandt zu mir hoch. Ich bildete mir ein, ihn rufen zu hören, und schlich in einem weißen Nachthemd (das ich nie und nimmer tragen würde) hinunter ins Freie. Ich spürte im Traum sogar, wie meine Füße über die gefrorene Wiese liefen.
Dann von einem Moment zum anderen: Die Kälte war verschwunden, dafür erkannte ich die Hand nicht mehr vor Augen. Ich versuchte mich durch den Nebel zu tasten und wedelte mit den Fingern durch die Luft, als wollte ich ein beschlagenes Fenster frei wischen.
Wieder eine neue Szene: Wir standen im Wald dicht beieinander und er presste seinen Mund fest auf meinen. Ich glaubte zu ersticken, konnte nicht schreien, und bevor ich bewusstlos wurde, wachte ich auf, tauchte schwer atmend aus dem Schlaf. Die Augenlider wie Blei, versuchte ich sie mit aller Gewalt offen zu halten.
Es lohnte sich nicht wirklich.
Der Morgen war von einem trüben einheitlichen Grau. Zu grau, um den Traum schnell zu vergessen. Also schob ich mich aus dem warmen Bett. Im Zimmer war es kalt. Ich zog eine dunkelgraue Strumpfhose an, stieg in den grau-blau karierten Rock,

weißes T-Shirt, grauer Wollpullover: Perfekt zum Wetter passend verließ ich mein Zimmer.
Über dem Haus lag eine für diese Uhrzeit ungewohnte Ruhe. Normalerweise hörte man zumindest das Geklapper von Geschirr aus der Küche, das Blubbern und Zischen der Kaffeemaschine. Oder das Telefon klingelte, weil irgendein Patient anrief. Doch heute war alles ruhig, und als ich die Küche betrat, stellte ich fest, dass niemand hier war. Keiner hatte mich geweckt. Dabei war es bereits kurz nach halb acht.
Dann entdeckte ich durchs Fenster meine Mutter, Tom und Hendrik, die vor dem Beet mit Mams neuen Rosenstöcken standen. Sie diskutierten heftig miteinander. Immer wieder deutete Hendrik auf den Boden. Meine Mutter trug einen hilflosen Ausdruck im Gesicht, während Tom aufmerksam zuhörte, in die Knie ging und nach etwas zu suchen schien.
Ich lief durch den Hinterausgang nach draußen.
»Was ist los?«, fragte ich.
Meine Mutter schüttelte nur den Kopf und starrte entsetzt auf die ausgerissenen Rosenstöcke vor ihr. Die Erde war aufgewühlt und voller Löcher.
»Wer macht so etwas?«, wiederholte sie unaufhörlich. »Wer tut mir das an?«
»Ik möchte wissen, wat hier los ist«, knurrte Hendrik. »Dat is' nu' schon dat dritte Mal.«
»Vielleicht Maulwürfe? Oder doch ein Fuchs?«, fragte ich und schlang die Arme um meinen Oberkörper.
»Nee, nee, dat war keen Tier. Dat war 'n Mensch.«
»Ich kann sie heute wieder einpflanzen«, bot Tom meiner Mutter an, doch sie schüttelte den Kopf. »Das werden sie nicht überleben.« Sie zitterte nicht nur vor Kälte, sondern auch vor Aufregung. »Geh hinein, Sofie, sonst holst du dir wieder eine Erkältung.«

Ich saß am Frühstückstisch, füllte Schoko-Cornflakes in die Müslischüssel und goss Milch darüber. Mitten auf dem Tisch lag die Tageszeitung. Es war das erste Mal, dass ich ein Foto von der Stelle sah, an der sie Lisa gefunden hatten. Lediglich ein dicker schwarzer Pfeil markierte die Stelle. Aber deutlich zu erkennen waren die knorrigen hohen Buchen, die in die Luft ragten.

War es Zufall, dass man sie in der Nähe des Waschsteins gefunden hatte? In einem weißen Kleid? Wir hatten einmal mit der Klasse eine Nachtwanderung dorthin unternommen und ich erinnerte mich mit leisem Schaudern an die knochigen Äste der hohen schlanken Buchen, die in die Luft stachen wie tote Finger. Es hieß nicht umsonst: Sobald die Dämmerung einbricht, beginnen die Bäume im Gespensterwald zu leben.

Vergeblich versuchte ich das Foto zu ignorieren, allerdings zog mich die Überschrift magisch an: Mord am Waschstein. Täter entkam im Nebel. Keine neuen Hinweise nach Mord an der fünfzehnjährigen Schülerin Lisa B.

»Die Spuren deuten darauf hin, dass der Täter aus dem persönlichen Umfeld des Opfers kommt. Einen konkreten Verdacht gibt es aber noch nicht«, sagte eine Polizeisprecherin. Allerdings wurden Reifenspuren in der Nähe des Tatortes gefunden, die von einem Moped stammen könnten. Die Obduktion des Leichnams in der Rechtsmedizin bestätigte am Montag als Todesursache Kreislaufversagen nach Einnahme von sogenannten K.-o.-Tropfen, vermutlich Temazepam. Ein Rätsel gibt auch die Kleidung auf. Das Mädchen wurde in einem weißen Kleid gefunden, das Rußflecken aufwies.

Keine Rede davon, dass ein Verdächtiger festgenommen worden war. Nicht einmal ein Hinweis, dass die Polizei eine Vespa beschlagnahmt hatte. War das alles doch nur ein Gerücht?

Ich hörte, wie sich hinter mir die Tür öffnete, und schob unwill-

kürlich die Zeitung zur Seite. Etwas in meinem Kopf drehte sich. Es war ein Gedanke, den ich nicht klar fassen konnte. Oder eine Erinnerung? Oder nur ein Gefühl?
»Du musst dich beeilen«, hörte ich meine Mutter sagen. »Tom wartet bereits im Auto.«
Ein Blick auf die Uhr zeigte, dass die Schule in zehn Minuten begann.

Irgendwie hatte ich gehofft, Finn aus dem Weg gehen zu können, bis ich mir klar darüber wurde, was ich von den Anschuldigungen gegen ihn halten sollte. Doch als ich die Treppen hinunter Richtung Physiksaal lief, stand er an die Wand gelehnt und starrte in die Luft.
Mein Herz begann vor Nervosität heftig zu schlagen. Er streckte die Hand aus und zog mich an sich. Oh Gott, er würde mich hoffentlich nicht jetzt und hier küssen! Ich befreite meine Hand aus seiner und trat einen Schritt zurück.
»Hey«, sagte er lächelnd.
Mir aber fiel nichts Besseres ein, als ein halbherziges Hallo zu murmeln und ungeduldig auf meine Armbanduhr zu schauen. »Mein Unterricht beginnt gleich.«
»Was ist los?«, fragte er verwundert. Besser gesagt, er schien total verwirrt.
Vielleicht ist er nur ein guter Schauspieler, überlegte ich. Du kennst ihn ja überhaupt nicht, weißt nichts über ihn. Nicht einmal seine Augenfarbe. Augenblicklich schaute ich ihn direkt an und stellte fest: Sie waren von einem klaren, strahlenden Blau.
Quatsch, grübelte ich weiter, hier verdächtigt einfach jeder jeden. Das ist doch immer so, wenn die Leute Angst haben.
Aber da waren die Reifenspuren. Der Verdacht stand im Raum. Ich konnte ihn nicht einfach wie eine Fehlermeldung wegkli-

cken, nicht einfach auf die Taste Entfernen drücken und alles war wie vorher.

»Was ist los?«, wiederholte er.

Mann, sein Blick war verdammt ernsthaft. Ein Blick, der einen zwang, die Wahrheit zu sagen. Man konnte sich davor nicht verstecken. Und, bildete ich mir ein, in den Augenwinkeln stand riesengroß der Satz: Du enttäuschst mich.

»Nichts«, erwiderte ich.

»Nichts also«, gab er zurück und schob die Hände in die Taschen seiner Jeans. »Deswegen ignorierst du mich? Schreckst vor mir zurück? Weil NICHTS passiert ist?«

Ich konnte das Schweigen nur wenige Sekunden ertragen, schon rutschte mir die Frage heraus: »War die Polizei wirklich bei dir?« Es war gesagt, noch ehe ich es verhindern konnte.

Er wurde blass, starrte mich einfach nur an: »Was meinst du . . .«, begann er, brach ab und sagte schließlich: »Okay, ich verstehe.«

Plötzlich wusste ich nicht mehr, wie ich überhaupt denken konnte, dass er etwas mit Lisas Tod zu tun hatte. »Nein«, protestierte ich. »Du verstehst das falsch.«

»Ach ja?«

Jamaica winkte von der Tür des Physiksaals und deutete hektisch auf ihre Armbanduhr. Was wollte sie von mir? Und dann fiel mir ein: Ich war heute an der Reihe, dem Dunkelmann beim Aufbau der Experimente zu helfen.

Doch da stand Finn. Ich spürte seine Enttäuschung und hasste es, mich ihm gegenüber schuldig zu fühlen.

Was sollte ich sagen?

Mein Kopf war leer.

Nein, nicht leer. Die Gedanken schossen mir geradezu durch den Kopf wie Blitze.

Wenn du jemanden liebst, dachte ich, dürfen Gerüchte keine

Wirkung auf dich haben. Du musst ihm vertrauen. Immun dagegen sein, was andere Leute sagen.

Ich sollte darüber lachen? Ha!

Nein, ich konnte nicht lachen.

Sagen konnte ich auch nichts. Also hielt ich einfach meine Klappe. Genau das war ein Fehler.

»Ich verstehe«, sagte Finn tonlos, »du glaubst es also auch!«

»Was?«, fragte ich und fühlte mich total bescheuert, dass ich log.

Er beugte sich vor und sah mir direkt in die Augen. Ich spürte mit jeder Faser seine Nähe – er war mir so nah wie im alten Hotel und entfernte sich gleichzeitig immer schneller. Ich streckte die Hand aus, um ihn um Verzeihung zu bitten, als er einen Schritt zurücktrat.

»Du glaubst, ich habe etwas mit Lisas Tod zu tun.« Das war keine Frage, es war eine Feststellung. Seine Stimme hatte sich verändert. Ich hörte daraus weder Kälte noch Ablehnung, sondern Fassungslosigkeit.

»Nein . . .«, schüttelte ich den Kopf, »natürlich nicht. So etwas würde ich nie denken. Ich wollte doch nur wissen . . .«

»Das Geschwätz der Leute«, unterbrach er mich. »Du hörst es dir an, widersprichst nicht, ja, du glaubst es sogar.«

Seit Mikes Verschwinden hatte niemand mich besser durchschaut, doch anstatt jetzt die Wahrheit zu sagen, erwiderte ich: »Ich hab keine Ahnung, wovon du sprichst.«

Oh Gott, manche Sätze verschwinden nicht, wenn sie ausgesprochen werden. Nein, sie bleiben einfach in der Luft kleben. Man kriegt sie nicht mehr los. Innerhalb der nächsten Sekunde läutete dreimal die Schulglocke. Wie in der Bibel, als der Hahn krähte.

»Du hast also einen Mörder geküsst«, sagte Finn.

Hätte er traurig ausgesehen, hätte ich ihn trösten können. Wäre er wütend gewesen, ich hätte zurückschreien können, doch dieser gequälte Ausdruck im Gesicht schnitt mir ins Herz. Ich spürte, er war auf eine Art und Weise enttäuscht, wie noch nie jemand von mir enttäuscht gewesen war.

Abrupt wandte er sich ab und ging einfach davon.

Jamaica hob theatralisch die Hände, winkte, zog Grimassen. Ich reagierte nicht. Schließlich verschwand sie im Klassenzimmer. Die Tür fiel laut krachend hinter ihr ins Schloss.

Wie gelähmt starrte ich Finn nach, der sich mit entschlossenem Schritt entfernte, die Treppen hoch in Richtung seines Klassenzimmers. Seine ganze Haltung gab mir zu verstehen: Es gab für mein Verhalten keine Entschuldigung.

Ich aber stand auf dem Flur ohne einen blassen Schimmer, was ich jetzt tun sollte. Der Unterricht hatte bereits begonnen. Ich würde zu spät kommen, müsste lügen, eine Entschuldigung erfinden.

Finn dachte von mir, dass ich ihn für einen Mörder hielt. Ein Gedanke, der mir plötzlich absurd, ja geradezu hirnverbrannt erschien.

Manchmal muss man Dinge tun, die nicht im Lehrplan stehen, hatte Mike einmal gesagt, als ich ihn erwischte, wie er den Unterricht schwänzte.

Er hatte recht. Manchmal war das Leben zu kompliziert, um in die Schule zu gehen.

Kurz entschlossen wandte ich mich um, verließ das Schulgebäude, ging zur Bushaltestelle und stieg in den nächsten Bus. Er fuhr los.

Am alten Hotel stieg ich aus. Hier, hatte Finn gesagt, war ein guter Ort, um nachzudenken.

Adventure Level II

Wie das letzte Mal zog auch heute der Wind durch die zerbrochenen Fensterscheiben des Hotels, wehte die langen kalten Flure entlang, schlug drohend gegen Schindeln, die sich gelöst hatten.
Ich rannte hoch in das Zimmer, wo Finn mich geküsst hatte, stellte mich ans Fenster und starrte hinaus. Über den Himmel jagten die Wolken. Er veränderte sich mit jeder Minute. In der Ferne erkannte ich die Silhouette des Gespensterwaldes mit den hohen knochigen Bäumen.
Warum war ich hier?
Hoffte ich wirklich, Finn käme nach der Schule hierher und ich hätte noch eine Chance, ihm alles zu erklären? Aber was wollte ich ihm eigentlich erklären? Er hatte ja recht. Ich hatte ihn verdächtigt.
Nach einer Weile setzte ich mich auf den staubigen Boden, lehnte den Kopf an die Wand, zog den MP3-Player aus der Tasche, versuchte mich mit der Musik von Linking Park abzulenken, doch es gelang mir nicht.
Mir war kalt vor Unglück.
Ich fühlte mich einsam und bedauerte mich selbst.
Wie lange ich da saß?
Keine Ahnung!
Lange!
Irgendwann beschloss ich, dass es genug war, schaltete die Musik ab und erhob mich. Der Blick auf die Armbanduhr zeigte, dass die Schule längst vorüber war. Tom hatte vergeblich vor

der Schule auf mich gewartet und Mam würde sich mittlerweile Sorgen machen. Irgendwie war mir der Gedanke angenehm. Klar, es war unfair, aber ich war alleine. Allein in dieser Ruine konnte ich ehrlich sein, endlich denken und fühlen, was ich wollte.

Das Problem mit Mam war immer gewesen, dass sie Mike mehr liebte als mich. Ich hatte das schon gespürt, als ich noch ganz klein war. Aber es hatte mich nie wirklich verletzt. Ich hatte es verstanden, denn Mike . . . Mike war einfach unglaublich liebenswert gewesen. Jeder hatte ihn gemocht, jeder gesagt, er sei ein toller Typ.

In diesem Moment drangen von unten Stimmen zu mir herauf, hallten von den kahlen Wänden wider.

Ich war nicht länger allein.

Und dann hörte ich es. Es zog mir das Herz zusammen, so erschrak ich, denn da unten schluchzte jemand erbärmlich, während jemand anderes aufgeregt sprach und zunehmend wütender wurde.

Leise erhob ich mich, schlich hinaus auf den Flur und huschte die Treppe hinunter. Kälte strömte die alte Steintreppe entlang. Sie drang durch die im Feuer zerborstenen Fensterscheiben.

»Hör auf zu flennen«, sagte jemand. »Das hat jetzt auch keinen Sinn mehr.«

Doch das Weinen brach nicht ab.

»Wir haben keine Schuld«, hörte ich.

»Wir hätten nicht gehen dürfen.« Die helle Mädchenstimme klang schrill und ängstlich. Sie schien mir irgendwie vertraut und gleichzeitig fremd.

Überhaupt konnte ich die Stimmen nicht zuordnen, es musste an dem Hall der leeren Räume liegen.

»Das sind die Regeln. Ihr alle habt sie unterschrieben.« Schließ-

lich leiser: »Besinnen wir uns auf unser Versprechen. Es gilt bis in den Tod. Ihr alle habt die Hand darauf gegeben.«
Ich war noch nie mutig, ja, ich würde mich sogar feige nennen. Ich war auch nicht Jamaica, die die Welt wie einen unentdeckten Planeten betrachtete, den sie unbedingt erforschen musste.
Aber ich ging Schritt für Schritt die Stufen nach unten, bis ich den ersten Stock erreicht hatte. Dort beugte ich mich über das wackelige Geländer.
Wer war dort unten?
Und woher stammte dieses seltsame Kratzen?
»Man darf erst wieder aufstehen, wenn man wiederbelebt oder als Untoter erweckt wurde«, sagte die wütende Stimme. Nein, ich konnte sie nicht erkennen und jetzt wusste ich auch, woran das lag. Der Wind verzerrte alle Geräusche.
»Ihr wisst doch, Tote erzählen keine Geschichten mehr. Und ihr müsst euch auch nicht fürchten. Niemand kommt zurück, um Rache zu nehmen. Also, wer sollte davon wissen?«
Das Schluchzen hörte nicht auf.
Das Kratzen und Schleifen auf dem Boden auch nicht.
Es lief mir kalt den Rücken hinunter.
Ich stieß mit dem Fuß gegen die Wand, von der sich nun ein Stück Putz löste und mit lautem Knall zu Boden fiel.
Von unten war einige Sekunden lang nichts zu hören, bis jemand, ein Mädchen, entsetzt rief: »Da ist jemand!«
»Quatsch!«
»Oh nein, ich halte das nicht aus!«
Das Weinen setzte wieder ein.
»Mann, reg dich ab, ich schau nach.«
Zum Glück trug ich Turnschuhe mit einer weichen, lautlosen Sohle. Ich nahm mehrere Stufen auf einmal und rannte immer weiter nach oben.

Gleichzeitig versuchte ich mich davon zu überzeugen, dass ich nicht träumte, erinnerte mich an alle möglichen Dinge: meinen Namen, mein Geburtsdatum, Mikes Geburtsdatum, den Geburtstag meiner Eltern, die Formeln, die der Dunkelmann uns ständig um die Ohren schlug.
Schließlich war ich im vierten Stock. Die Schritte folgten mir. Ich rannte in eines der ehemaligen Gästezimmer, bei dem die Tür fehlte. Die Wände waren rußgeschwärzt und einige Bretter lagen im Weg, über die ich fast gestolpert wäre.
Panisch sah ich mich um.
Wo konnte ich mich verstecken?
Für einen kurzen Moment spielte ich mit dem Gedanken, meinem Verfolger gegenüberzutreten. Dann wieder dachte ich an Lisa. Ihr Kleid, ihre Schuhe, alles war schmutzig gewesen, als sei sie vor etwas oder jemandem weggelaufen.
Also wieder aus dem Zimmer und in das nächste hinein. Ich hörte wieder schnelle Schritte. Er war oben.
Erst jetzt bemerkte ich den Balkon. Die Scheibe der Glastür war fast vollständig herausgebrochen. Ein Klappladen hing nur noch an einem Scharnier. Ohne zu überlegen, zwängte ich mich hindurch, spürte, wie etwas an meiner Jacke riss, und dann ein Schmerz in meiner Hand. Ich hatte direkt in eine Scherbe gefasst. Aber ich hatte keine Zeit, mich darauf zu konzentrieren.
Ich schaffte es gerade rechtzeitig hinauszusteigen, duckte mich hinter den Fenstersims und hielt die Luft an.
Schuhe knirschten auf dem Fußboden.
Sie stoppten.
Ich schloss die Augen.
Sie gingen weiter.
Ich öffnete die Augen.
Unter mir lag der Abgrund.

Am Rande des Holzbalkons hatten sich aus dem Boden zwei Dielen gelöst. Ich starrte durch das Loch vier Stockwerke nach unten auf das Dach der ehemaligen Garagen.
Der Wind, der durch das Gebäude pfiff.
Das Glas der Fensterscheibe, das zitterte.
Der eigene laute Atem.
Ich wagte kaum, Luft zu holen, bewegte mich nicht.
»Wo bist du?«, hörte ich jetzt die Stimme eines Mädchens. Sie klang dumpf und weit entfernt.
»Hier im Zimmer!« Diese Stimme klang nahe.
»Komm endlich, wir sind fertig! Ich muss nach Hause!«
Stille.
Dann die Antwort: »Also gut!«
Ich wartete nur wenige Sekunden, bis ich mich nicht länger beherrschen konnte. Dann schob ich meinen Kopf nach oben. Nur Schuhe, die zur Tür hinausgingen. Doch nicht irgendwelche Schuhe, sondern hellbraune Lederchucks mit der Aufschrift »Dr. Romanelli«. Mein Herz klopfte warnend. Es gab nur zwei, die solche Chucks besaßen. Ruven und – Finn!
Völlig verwirrt und zitternd vor Aufregung balancierte ich über die losen Blanken des Balkons und stieg durch das Fenster zurück ins Zimmer.
Toms Bemerkung fiel mir wieder ein, Finn hätte etwas mit den Ghostridern zu tun.
Ich wollte nur noch nach Hause. Ich wartete eine Weile, bis ich sicher sein konnte, dass sie gegangen waren.
So schnell ich konnte, rannte ich hinunter und wollte gerade durch die offenen Hoteltüren hinaus ins Freie, als ich stoppte.
Etwas hatte sich verändert.
Der Müll war weg.
Der Boden sauber gefegt.
Es gab keine leeren Flaschen, keine Zigarettenkippen, keine al-

ten Zeitschriften, keine Medikamentenpackungen, keine Essensreste mehr.
Das Einzige, was jetzt Spuren auf dem Boden hinterließ, war das Blut, das von meiner Hand tropfte.

Rollenspiele

Die Ghostriders waren alles, woran ich auf dem Nachhauseweg dachte. Waren sie das im Hotel gewesen? Ich war mir fast sicher, denn nun glaubte ich, die beiden Mädchen erkannt zu haben. Valeries hohe Stimme und Carlottas hysterisches Weinen.

Nur, wer war der Junge, der mit ihnen dort gewesen war?

Ruven oder Finn?

Finn oder Ruven?

Mir schien inzwischen nichts mehr unmöglich.

Es war bereits später Nachmittag. Innerlich gewappnet, mit Vorwürfen empfangen zu werden, schlich ich möglichst unbemerkt ins Haus, wo ich erleichtert feststellte: Niemand war in der Nähe, um mich aufzuhalten.

Dachte ich zumindest.

Doch als ich an Mikes Zimmer vorbeiging, hörte ich ein Geräusch.

Müde und verzweifelt, wie ich war, stellte ich mir vor, Mike wäre wieder da. Ich würde zu ihm gehen, mich aufs Bett werfen. Er würde warten, bis ich zu reden anfing, und irgendwann würde er fragen: »Na? Bist du fertig?«

Und dann würde er mir erklären, wie alles zusammenhing.

Mit Valerie und Carlotta.

Und Finn!

Mike würde ihn nicht einfach verdächtigen. Er würde Fragen stellen. Ich müsste ihm alle Kleinigkeiten erzählen, die mir jetzt durch den Kopf schossen. Die Szene abends vor dem Gemein-

dehaus, als Finn den coolen Ruven vor allen anderen zurechtgewiesen hatte. Und dieser hatte einfach klein beigegeben? Warum? Und diese Gerüchte über den Geheimbund? Und welche Rolle spielte das Hotel, in dem Finn angeblich am besten nachdenken konnte? Was war mit den Rollerspuren im Wald? Wo hatte er sich an dem Abend herumgetrieben, als wir im Restaurant seiner Mutter gegessen hatten?
Hör auf, so etwas auch nur denken, wies ich mich zurecht. Dafür gibt es sicher eine logische Erklärung!
Ich holte tief Luft. Ich war drauf und dran, mich hier in etwas hineinzusteigern. Stattdessen sollte ich mich bei Tom entschuldigen. Schließlich hatte er nach der Schule umsonst auf mich gewartet. Sicher hatten sich alle Sorgen um mich gemacht.
Ich öffnete die Tür.
Das Erste, was mir auffiel: Es roch nicht mehr nach Mike. Seine Sachen waren verschwunden. Stattdessen hing über der Lehne des alten Schaukelstuhls Toms Jacke und unter der Heizung standen seine Stiefel. Irgendwo in meinem Kopf registrierte ich, dass sie total durchnässt waren.
Jemand saß am Schreibtisch.
Nein, es war nicht Tom, sondern – ich traute meinen Augen nicht.
»Was machst du denn hier?«
Jamaica sprang auf: »Ich habe auf dich gewartet!«
»Hier?«
»Ich habe Tom vor der Schule getroffen. Er wollte dich abholen und na ja, die Gelegenheit konnte ich mir schließlich nicht entgehen lassen. Stell dir vor: allein mit ihm im Auto. Ich bin also mit zu euch gefahren, habe behauptet, du müsstest mir Mathe erklären . . .« Sie redete ohne Punkt und Komma.
»Wo ist meine Mutter?«

»Mit Tom zu Aldi gefahren.«
»Und da gehst du einfach in . . . in dieses Zimmer? Schnüffelst herum?«
Ich rechnete fest damit, dass Jamaica das mit einem Lächeln wegwischen, eine Ausrede erfinden, eine wirre Geschichte erzählen würde, doch sie schwieg. Ihre Hände lagen auf ihrem Rücken.
»Was hast du da?«
»Nichts«, erwiderte sie und schüttelte den Kopf.
Irgendetwas stimmte hier nicht. Ich bemerkte, wie sie etwas hinter sich wegschob.
Ich trat einen Schritt näher, war nur einen Meter von ihr entfernt, als sie plötzlich erneut zu reden anfing: »Wo warst du denn die ganze Zeit? Du hast Glück, dass ich Tom nach der Schule getroffen habe. Ich habe behauptet, du müsstest dem Dunkelmann in der Schule helfen.«
Stolz grinste sie mich an und in diesem Moment war ich ihr wirklich dankbar. Jamaica mochte anstrengend sein, aber wenn es darauf ankam, war auf sie Verlass.
Unten fiel die Haustür ins Schloss.
Wir zuckten beide zusammen, sahen uns an. Fast gleichzeitig rannten wir hinaus auf den Flur und in der nächsten Minute waren wir in meinem Zimmer, wo Jamaica sich aufs Bett fallen ließ. Wider Erwarten fing sie an, hysterisch in mein Kopfkissen zu kichern.
»Was ist los? Komm, sag schon!«
»Dasselbe könnte ich dich fragen«, sagte sie, sobald sie sich beruhigt hatte.
Die Antwort blieb mir erspart, denn die Schritte meiner Mutter erklangen auf dem Flur. Es klopfte und schon stand sie in der Tür.
»Sofie?« Sie sah besorgt aus, aber nicht böse. Ich nahm mir vor, in Zukunft netter zu Jamaica zu sein.

»Hallo, Mam.« Ich lächelte sie an. »Oh Gott, der Dunkelmann, der hat mir stundenlang Vorträge gehalten. Ich bin fast nicht zu Wort gekommen.«
Jamaica kam mir zu Hilfe und erklärte fröhlich: »Sofie ist wirklich sein Liebling. Mich hat er noch nie gefragt, ob ich dableiben kann . . . na ja, vielleicht komme ich nie an die Reihe. Ich glaube, der Dunkelmann hat Angst, wenn ich ihm helfe, explodiert der ganze Physiksaal, womit er wahrscheinlich recht hätte.«
Sie lachte nervös, aber meine Mutter schien das nicht zu bemerken.
»Warum hast du das nicht heute Morgen gesagt?«, wandte sie sich an mich.
»Tut mir leid, ich hatte es total vergessen.«
Sie lächelte, aber es sah nicht fröhlich aus. »Schon gut. Aber das nächste Mal sagst du Bescheid, wenn du länger in der Schule bleiben musst. Oder rufst an. Sonst wartet Tom wieder umsonst auf dich.« Dann wandte sie sich an Jamaica. »Ich habe für Sofie das Essen warm gestellt. Wenn du mitessen möchtest, es reicht für euch beide.«
Ich war mir sicher, Jamaica würde sich die Gelegenheit nicht entgehen lassen, noch länger bei uns zu bleiben, doch zu meiner großen Verwunderung schüttelte sie den Kopf: »Nein, ich muss gehen.«
»Was ist mit dem Buch, das du brauchst?«, fragte ich.
»Ach ja, das Buch.« Jamaica sah mich nicht an, sondern nahm ihre Tasche, die auf meinem Bett lag. »Das habe ich schon. Oh, ich muss jetzt wirklich los . . . noch viel zu tun bis morgen. Die Lehrer spinnen. Jeden Tag schreibt einer einen Test.« Sie schwieg kurz und versetzte mir einen Schlag auf die Schulter. »Und tausend Dank wegen Mathe. Jetzt verstehe ich es endlich. Wir sehen uns heute Abend beim Tanzkurs.«

»Bitte sei leise, wenn du die Treppe hinuntergehst«, erklärte meine Mutter besorgt. »Tom hat sich gerade hingelegt. Er hat starke Kopfschmerzen.«

Wer ist Mr Rosenthal?

Jamaica saß im Umkleideraum der Tanzschule und war dabei, ihre Tanzschuhe anzuziehen. Sie hatte bisher noch kein einziges Wort gesagt, sondern starrte vor sich hin.

Tom hatte mich hergebracht, er zog sich in der Umkleide für die Jungen um. Ich hatte gehofft, dass seine Kopfschmerzen so schlimm waren, dass er mich nicht würde begleiten können, aber pünktlich um Viertel vor sieben war er in der Küche aufgetaucht.

Ich streifte meine Turnschuhe ab und starrte mutlos auf den Fußboden.

In meinem Kopf herrschte noch immer dieses völlige Durcheinander, das mich wahnsinnig machte. Ich brauchte dringend Ordnung und – Sicherheit. Um mich herum, in mir drin. Aber wie zur Ruhe kommen, wenn das blanke Chaos herrscht?

Indem du logisch nachdenkst, ermahnte ich mich. Das ist schließlich deine Spezialität! Darin bist du Meisterin!

Genau, warum dachte ich eigentlich die ganze Zeit nur an Finn? Dort im Hotel, das konnte auch Ruven gewesen sein. Er besaß schließlich genau dieselben braunen Chucks.

»Sag mal, Jamaica«, begann ich. »Was weißt du über Ruven und seine Gruppe?«

Keine Reaktion.

Hatte sie mich nicht gehört?

»Jamaica?«, rief ich laut.

»Was?«

»Was ist eigentlich los mit dir? Sonst kriegst du den Mund nicht zu und heute sagst du kein einziges Wort. Du warst heute Nachmittag schon so komisch.«

»Worum geht's?«

»Ruven und die Gruppe!«, erinnerte ich sie.

»Spinner!«

»Ist das alles?«

Sie erhob sich und ging zur Tür. »Der Kurs geht gleich los!«

Ich ließ nicht locker. »Weißt du, warum die sich die Ghostriders nennen? Und wer alles mitmacht?«

»Keine Ahnung.«

»Jamaica! Bist du online?« Ich fuchtelte mit der Hand vor ihrem Gesicht herum. »Du und keine Ahnung? Das glaub ich nie im Leben!«

Jamaica seufzte und endlich wurde ihr Blick etwas klarer.

»Weißt du, was LARP bedeutet?«

Ich runzelte die Stirn. »Nie gehört.«

»Live Action Role Play.«

Das half mir auch nicht weiter. Ich stand da und wartete auf die Erklärung.

»Fantasy-Rollenspiele«, erläuterte Jamaica geduldig. »Ruven und seine Truppe – sie bilden sich ein, in einer anderen Zeit zu leben, halten sich für Ritter, Zwerge, Elfen, Kobolde. Kennst du nicht diese mittelalterlichen Games für den Computer? Die spielen diese Geschichten nach. Nur eben live!«

»Du meinst, sie inszenieren Theaterstücke?«

Sie schüttelte den Kopf. »Nein, sie tun, als sei das alles echt: Herr der Ringe, Star Wars, Artussage. Sie verkleiden sich, rennen durch den Wald und benutzen Spielzeugwaffen. Das Ganze folgt bestimmten Regeln, einem Drehbuch. Jeder Charakter, jeder Spieler entscheidet selbst, ob er eine Elfe ist, ein Zwerg oder vielleicht ein Dämon.«

»Aha.« Ich konnte nicht gerade behaupten, dass ich das Ganze wirklich kapierte. »Und wozu das alles?«
»Na ja, just for fun. Aber man muss sich auch in den Abenteuern beweisen, um ständig seine Fähigkeiten zu verbessern.«
»Also wirklich wie in den Computerspielen.« Langsam begann ich zu verstehen, worum es ging.
»Genau. Je öfter ein Charakter bei solchen Spielen mitmacht, desto besser kann er werden. Man erreicht sozusagen von Spiel zu Spiel einen höheren Level.«
»Aber wie soll das im echten Leben funktionieren? Doch nicht nur, indem man durch den Wald rennt?«
Jamaica zuckte mit den Schultern. »Ganz genau durchschaue ich das auch nicht. Aber eine Elfe besitzt zum Beispiel Kenntnisse in der Hypnose, im Giftmischen, in der Magie, die sie ständig verbessern kann.« Plötzlich grinste sie, das erste Mal an diesem Abend. »Stell dir mal vor: Carlotta und Valerie, die sich Flügel nähen und in Mamis Kochtopf Zaubertränke anrühren.«
»So etwas hab ich auch mal gemacht«, erwiderte ich. »Aber da war ich ungefähr vier Jahre alt.«
»Manche Leute werden eben nie erwachsen. Die Ghostriders jedenfalls fahren total auf solche Sachen ab.«
»Und da kann jeder mitmachen?«
»Nicht bei den Ghostriders. Die treiben einen wahren Kult um ihre Gruppe.«
»Warum halten sie es eigentlich geheim?«
»Das macht es doch erst interessant, oder? Und wenn Ruven etwas wirklich will, dann, interessant zu sein. Geheimnisvoll und eben cool: Ich glaube nicht, dass er sich als Charakter den Zwerg ausgesucht hat. Nein, der ist sicher so etwas wie ein Ork. Da kann er die Mädchen von sich überzeugen. So hat er sie in der Hand.«

Ich nickte. Das machte Sinn. Aber erklärte es das, was ich im alten Hotel gehört hatte? Und Finn? Würde der wirklich bei so etwas mitmachen, wie Tom behauptete? Andererseits, ich kannte ihn doch gar nicht wirklich. Schließlich war ich auch einmal in Ruven verliebt gewesen und hatte erst später bemerkt, dass er einer von denen war, die nur auf Show machten.
»Was war mit Lisa? Gehörte die auch dazu?«
»Ich glaube, sie wollte unbedingt. Aber so einfach ist das nicht. Da muss man erst eine Prüfung bestehen, ein Examen.«
»Du meinst, Lisa . . .« Ich wagte nicht, den Gedanken weiterzuverfolgen.
»Quatsch«, Jamaica wandte sich zur Tür. »Wie du schon gesagt hast, das ist Kinderkram. Das einzig Gefährliche daran ist, dass alle auf Ruven hineinfallen.«
Ich folgte Jamaica in Richtung Tanzsaal. Bevor sie hineinging, drehte sie sich zu mir um: »Du, Sofie.«
»Ja.«
»Was weißt du über Tom?«
Das wievielte Mal hatte sie mir diese Frage jetzt schon gestellt? Oh Gott, wie konnte man nur so hoffnungslos verknallt sein?
»Hat er irgendetwas über sich erzählt? Seine Eltern?«
Ich hob die Schultern. »Nur das Übliche.«
»Mike hat bei seiner Familie gewohnt, oder?«
»Bei seiner Mutter, sie vermietet Zimmer, um Geld zu verdienen. Tom hat keinen Vater.«
»Jeder hat einen Vater«, erwiderte Jamaica bestimmt.
»Er hat sie wohl verlassen, als . . .«
»Soll vorkommen«, erwiderte sie bitter. »Hat er je mit dir über seine Familie gesprochen?«
»Warum willst du das denn wissen?«

»Frag ich dich etwa, warum du Ruven hinterherspionierst?« Ihre Augen funkelten plötzlich wütend auf.
Sie schwieg einige Minuten und dann fragte sie etwas ruhiger: »Hast du den Namen Rosenthal schon mal gehört?«
Ich blickte sie erstaunt an. »Rosenthal? Nein!«
Mein Blick fiel über ihre Schultern. Ich sah, wie Finn den Flur entlangkam. Die Hände in den Taschen seiner Jeans, war sein Blick starr auf den Boden gerichtet. Gleich würde er direkt an mir vorbeigehen.
»Hat dein Vater den Namen mal erwähnt?«
Ich hatte keine Zeit, Jamaicas Frage zu beantworten, sondern zog sie einfach mit in den Saal.
»Was ist denn los?«, wollte sie wissen.
»Finn!«
Neugierde blitzte in ihren Augen auf. »Möchtest du darüber reden?«
»Nein!«
»Schade . . .« Sie zögerte kurz und sagte: »Sofie, ich muss dir unbedingt etwas erzählen!«
Finn ging an mir vorüber, ohne mich zu beachten. Ich wollte ihm nachlaufen, ihm wenigstens die Chance geben, mir alles zu erklären. Ihn fragen, ob er das gewesen war im Hotel. Doch in diesem Moment trat Frau Kaluza in die Mitte des Saals. Im schwarzen Trainingsanzug, ein rotes Band um die Stirn, klatschte sie energisch in die Hände. »Morgen ist also der große Tag! Euer Abschlussball! Ihr wollt euch hoffentlich nicht blamieren, also lasst uns anfangen. Die jungen Damen in der einen Ecke, die Kavaliere bitte in der anderen.«
Das übliche Tuscheln und Kichern war zu hören. »Aufstellung zum Walzer bitte!«
Auf Frau Kaluzas Kommando setzten wir uns automatisch in Bewegung.

Ich entdeckte Tom, der als einer der Letzten aus der Umkleide kam. Er ging direkt auf mich zu und verbeugte sich grinsend vor mir.
»Achtet auf unseren Gast aus Australien«, verkündete Frau Kaluza begeistert. »Offenbar gibt es vollendete Gentlemen nur noch auf der anderen Seite der Erdkugel.«
Wir setzten uns in Bewegung.
»Was machen deine Kopfschmerzen?«, fragte ich.
»Ich kann dich doch nicht im Stich lassen.«
»Versucht bitte, genau auf den Takt zu hören: eins, zwei, drei, bumm tata . . .!«
»Ich glaube, dein Freund hat sich für Jamaica entschieden«, sagte Tom und machte eine Kopfbewegung nach vorne.
Tatsächlich – im nächsten Moment sah ich die beiden im Walzer vorbeischweben.
»Paul«, erklang Frau Kaluzas Stimme nun noch energischer. »Carlottas Schuhe passen ihr mit Sicherheit morgen nicht mehr, wenn du ihr weiter auf die Füße trittst.«

Wenn der Abschlussball morgen so verlief wie die Generalprobe heute, dann würde er nicht zu den Highlights meines Lebens gehören. Obwohl – der Abend war so oder so ruiniert. Finn ignorierte mich den ganzen Abend. Und ich? Ich fand keine Gelegenheit, mit ihm zu sprechen. Er schien mir aus dem Weg zu gehen. Ehrlich, ich wusste nicht mehr, was ich denken und fühlen sollte. Halt! Das stimmte nicht! Ich fühlte noch immer dieselbe Anziehungskraft wie bei diesem einen Kuss. Ja, wenn ich ihn sah, spürte ich wieder und wieder seine Lippen auf meinen. Ein einziger Kuss! Konnte ich dem vertrauen?
Ich hatte keine Ahnung, wer dieser Finn Jansen wirklich war. Hatte nur ein paar Worte mit ihm gewechselt! Aber, beschloss ich, jeder sollte eine zweite Chance haben.

Als die Stunde zu Ende war und einer nach dem anderen den Saal verließ, wartete ich, bis Finn zur Tür heraustrat. Er warf mir kaum einen Blick zu.
»Ich muss mit dir reden«, sagte ich.
»Es gibt nichts zu reden.«
»Ich möchte dir nur erklären . . .«
Er lachte bitter auf. »Dass du mich verdächtigst? Wie alle hier?«
»Hör mir doch endlich einmal zu! Ich weiß nicht, was ich glauben soll . . .«
»Da kann ich dir auch nicht helfen.«
Ich hatte lediglich einen Atemzug lang geschwankt. Nur ein einziger Moment der Unsicherheit und er tat so, als hätte ich persönlich ihn bei der Polizei angezeigt.
»Mann, du bist so was von . . .« Die Wut überraschte mich mehr als ihn. Ich schrie ihn an. »Vielleicht erklärst du mir einfach einmal, warum die Polizei deinen Roller beschlagnahmt hat! Das machen die doch nicht einfach so! Da gibt es doch einen Grund! Du aber gibst mir keine Chance, es zu verstehen! Das ist nicht fair!«
Finn wollte etwas sagen, doch da kreuzte Tom wie immer im falschen Augenblick auf und legte seine Hand auf meine Schulter: »Wir müssen fahren. Deine Mutter wartet auf uns.«
Ehrlich, ich war total wütend. Auf Tom, weil er mir wie ein Schatten folgte, wenn ich mit Finn reden wollte. Hatte ich ihn wirklich einen Mörder genannt? Nein! Aber er und alle machten es sich verdammt einfach, obwohl es verdammt kompliziert war.
Zur Strafe schwieg ich die ganze Fahrt über.
»Möchtest du lieber mit diesem . . . wie ist noch mal sein Name?«
Ich gab keine Antwort, sondern starrte zum Fenster hinaus auf die nächtliche Moorlandschaft.

»Wenn du lieber mit Finn auf den Ball gehen willst, kein Problem. Ich kann mit deiner Mutter reden.«

Ich zuckte mit den Schultern.

Er seufzte und dann gab er unvermutet Gas, als sei er wütend. Erschreckt blickte ich zur Seite, doch er sah vollkommen ruhig aus, lachte sogar und sagte: »Im Garten hat schon wieder jemand gegraben. Hendrik will sich jetzt nachts auf die Lauer legen.«

Meine Augen folgten den Scheinwerfern. In der Dunkelheit tauchten immer wieder einzelne Bäume auf, die ihre Äste nach mir auszustrecken schienen. Wie Gruselgestalten in einer Geisterbahn.

»Was meinst du?«, hörte ich Toms Stimme. »Ist das ein Tier oder ein Mensch?«

»Keine Ahnung«, erwiderte ich und dachte an die Gestalt, die ich in der Nacht vor Toms Ankunft im Garten gesehen hatte.

»Was kann in eurem Garten schon zu finden sein?«, fuhr Tom fort. »Aber auffällig ist, dass sich die Spuren immer an derselben Stelle finden. Hendrik behauptet, es sei genau der Platz, wo früher die alte Eiche stand. Mike hat erzählt, in Europa ist es Sitte, für den Erstgeborenen einen Baum zu pflanzen.«

»Nur wenn es ein Junge ist«, murmelte ich.

»Steht auch für Mike ein Baum im Park?«

»Ich glaube nicht.«

Wir schwiegen eine Zeit lang.

»An dem Tag, als Mike«, ich zögerte, suchte nach den richtigen Worten, »verschwand, da bist du mit ihm zum Strand gefahren, oder?«

Er antwortete nicht. Ich dachte schon, er hätte mich nicht gehört, als er nach einigen Sekunden fragte: »Entschuldige, ich musste mich auf den Verkehr konzentrieren, was hast du gesagt?«

»Warum bist du nicht mit Mike getaucht?« Ich schaute zu ihm

hinüber. Sein Blick war starr auf die nächtliche Straße gerichtet. Seine Wangenmuskeln zuckten. Hatte ich eigentlich je darüber nachgedacht, dass er Mike ebenso vermisste wie ich?
»Ich konnte mir die Ausrüstung und die Trainingsstunden nicht leisten. Wir sind nicht so reich wie ihr.«
»Wir sind nicht reich«, widersprach ich.
»Aber die Leute nennen euch doch: die vom Schloss.« Er grinste.
Ich erinnerte mich an Jamaicas Fragen. »Was ist eigentlich mit deinem Vater?«
»Den habe ich nie kennengelernt. Er hat meine Mutter noch in der Schwangerschaft sitzen gelassen. Meine Mutter meint, er sei es nicht wert, nur einen einzigen Gedanken an ihn . . . wie heißt das auf Deutsch?«
»Zu verschwenden.«
»Right . . . In ihren Augen ist es nicht important . . .«
»Wichtig.«
»Sie meint, es ist nicht wichtig, woher du stammst, sondern wer du bist.«
»Sie hat recht.«
»Nein«, widersprach Tom heftig. »Ihr in Europa, ihr habt alle . . . wie heißt es? Wurzeln. Ich glaube, ich möchte lieber hier leben, nicht in Australien.«
»Bei uns gibt es doch nichts Besonderes.« Ich starrte zum Fenster hinaus. Nein, nichts Besonderes. Außer Wiesen, Felder und Nebel.
»Na ja«, lachte Tom, aber es klang nicht wirklich fröhlich, »Schlösser zum Beispiel haben wir in Australien nicht. Unsere Geschichte ist nicht älter als vierhundert Jahre.«

Erst am Abend, ich lag bereits im Bett und war fast eingeschlafen, fiel mir wieder ein, wer über Vergangenheit und Vorfahren gesprochen hatte. Mike! In einer seiner E-Mails.

Ich sprang aus dem Bett, holte mein Tagebuch hervor und blätterte, bis ich die Mail fand. Ich hatte sie unter dem Datum eingeklebt, an dem er sie geschrieben hatte. Komisch, irgendwie war es die letzten Monate eigentlich mehr Mikes Tagebuch gewesen als meines.

Brisbane, Mike
Night on January 7th, 2007
Stimmung: No panic!
Zitat des Tages: The Death of Love

Liebe Sofie,

wo treffen sich Walhaie, Manta, Rochen, Schildkröten, Delfine und viele Tausende von Fischen auf einmal?
Am Ningaloo Reef!
Und wer hat das alles gesehen???
Ja, genau! Ich!
Hat mich zwar ein Vermögen gekostet, aber das war es wert! Du kannst dir nicht vorstellen, wie riesig Walhaie sind. Die größten Fische der Welt. Bis zu zwölf Meter lang, aber vollkommen harmlos. Dabei würde ich locker in ihr riesiges Maul passen. Ich bin mit ihnen geschnorchelt, als wären wir die besten Freunde!
Warum erzähle ich dir das alles?
Ich habe meinen Tauchschein bestanden und bin daher nun ein »Advanced Open Water Diver«! Das ist wie ein Führerschein unter Wasser. Nein, besser! Denn ich kann unter Wasser anstellen, was ich will. Allerdings vor meinem ersten Tieftauchgang alleine habe ich schon Panik. Dreißig Meter unter die Wasseroberfläche. Tom warnt mich ständig, erzählt über Leute, die ertrunken sind. Ehrlich gesagt, geht er mir damit auf die

Nerven. Am schlimmsten, sagt er, sei die »Nitrogen Narcosis«. Das bedeutet, in so einer Tiefe arbeitet das Gehirn langsamer. Das kann dazu führen, dass man nicht mehr ansprechbar ist oder verrückte Dinge macht. Na ja, für verrückte Dinge bin ich ja Spezialist.
Sag in jedem Fall dem Dunkelmann, er soll mal mit euch tauchen gehen. Da unten passieren irre Sachen. Zum Beispiel wird die Farbe Rot absorbiert, die rote Chipspackung sah jedenfalls nur noch ekelhaft braun aus. Rohe Eier, die man normalerweise leicht zerquetschen kann, werden plötzlich hart und gehen einfach nicht kaputt.
Keine Sorge! Bis auf einmal bin ich nie in eine gefährliche Situation geraten. Wir sind durch eine ziemlich enge Schlucht geschwommen, wie eine Höhle. Ich passte gerade so durch und wegen der Strömung stieß ich gegen die Wand. Dabei hat sich mein Mundstück verfangen. Ich konnte mich nicht mehr drehen und wenden. Ich habe einfach mein Sicherheitsmundstück aus der Weste gezogen und in den Mund gesteckt. War danach etwas geschockt, aber auch stolz, dass ich nicht in Panik geraten bin, sondern intuitiv richtig gehandelt habe. Du musst dir also keine Sorgen um mich machen, ich bin ein echter Profi!
Tom will uns übrigens im Frühjahr besuchen. Er lernt deutsch wie ein Wahnsinniger und spricht fast schon besser als ich. Er hat mir erzählt, dass sein Ururur. . . ach, was weiß ich, jedenfalls kam irgendein Vorfahre aus Deutschland. Laut Tom ein Schafzüchter, der sogar ein Dorf in Australien gegründet hat. Das mit den Vorfahren ist so eine Sache. Meinst du, es ist wirklich wichtig zu wissen, woher man kommt? In letzter Zeit denke ich oft darüber nach. Fang bitte nicht an, die Oldies darüber auszufragen.
Wie du weißt, hasse ich Unehrlichkeit und Heuchelei.
Geheimnisse sind der Tod jeder Liebe.

Ha!
Bin ich nicht klug?
Ehrlich, und das ist jetzt unser Geheimnis, ich weiß nicht, ob ich wirklich schon im April zurückkomme. Ich habe das Gefühl, ich bin noch nicht lange genug von zu Hause fort. Aber egal, was passiert, du bist und bleibst meine Schwester.

Mike!

Ich schlug das Tagebuch zu, legte es in die Kommode.
Natürlich war ich seine Schwester.

Nur Maskerade

In der Aula herrschte große Aufregung. Wir hatten den Auftrag, den Saal für den Abschlussball zu schmücken. Zunächst musste alles hinausgeschafft werden, was störte, und das war nicht wenig: eine Tischtennisplatte, mehrere staubige Theaterkulissen aus Pappmaschee, ein Lesepult, ein Overheadprojektor, ein Flügel. Einige Schüler waren dabei, die Wände mit Luftballons und Girlanden aus rotem Krepppapier zu schmücken, andere stellten Tische und Bänke für die Eltern auf, die uns beim Tanzen bewundern wollten.

»Autsch«, stöhnte Jamaica und kämpfte mit einer riesigen Stechpalme, die die Bühne verschönern sollte. »Mann, die lassen uns hier schuften wie in China. Ich dachte, das wird unser großer Tag! Unser Opernball! Stattdessen rackern wir uns ab. Schau mal, Valerie und Carlotta! Die lassen schuften!« Die beiden standen mit einem Besen auf der Tanzfläche, doch der Einzige, der kehrte, war das Package.

»Nur damit er einmal mit Carlotta tanzen darf.« Jamaica schüttelte den Kopf. »Kann ihm nicht einer sagen, dass er sich zum Deppen macht?«

»So ist das eben, wenn man verliebt ist«, erklärte ich mit einem Grinsen, auch wenn mir nicht danach zumute war.

Jamaica zupfte mich am Arm. »Lass uns hier verschwinden, ich muss dir was erzählen.«

Wir verließen die Aula unbemerkt und verzogen uns in ein leeres Klassenzimmer.

Jamaica schloss die Tür hinter sich zu und sah sich lauernd

um, als würde gleich jemand hinter der Tafel hervorspringen.
»Was gibt's?«, fragte ich.
»Sofie! Das wird der Abend meines Lebens! Rat mal, was ich anziehe?«
Ich starrte sie verblüfft an. Mit der Frage hatte ich nicht gerechnet. »Das Kleid deiner Mutter?«, versuchte ich es.
»Bist du des Wahnsinns?« Sie schüttelte energisch den Kopf. »Lieber wandere ich nach Jamaica aus und bleibe dort für den Rest meines Lebens, als dieses blaue Teil von meiner Mutter zu tragen. Da kann ich mich ja gleich erschießen.«
»Willst du etwa nackt kommen oder in deinen Jeans?«, fragte ich.
Sie rückte dicht an mich heran: »Nein! Aber du darfst es niemandem erzählen! Versprich es!«
»Worum geht es?«
»Versprich es einfach!«, schrie sie ungeduldig.
»Okay, okay, ich verspreche es«, seufzte ich.
Plötzlich sah sie verlegen aus. »Du bist jetzt bestimmt sauer. Aber es wäre mein gesellschaftlicher Ruin gewesen. Ganz bestimmt!«
»Wovon sprichst du?«
Sie holte tief Luft. »Also, ich bin gestern Morgen von der Schule aus nach Rostock gefahren.«
»Ah ja? Und ich dachte, du hättest Kopfschmerzen und wärst deshalb früher nach Hause gegangen?«, fragte ich ironisch.
Sie zuckte mit den Schultern. »Wen kümmern schon die zwei Sportstunden? Also, ich war in Rostock . . .«
Sie blickte mich abwartend an.
»Und?«
»Da habe ich dieses Kleid bei H&M gesehen: schwarz und überall silberne Pailletten.«

»Wie teuer?«
Sie zögerte einen Moment. »Fünfzig.«
»Fünfzig Euro?«, rief ich. »Woher hast du so viel Geld?«
Sie zuckte mit den Schultern.
»Du hast es nicht gekauft?«
Sie schüttelte langsam den Kopf.
»Willst du darauf warten, dass eine Fee es dir schenkt?«
»Sagen wir, ich habe es mir selbst geschenkt.«
»Ich verstehe kein Wort.«
»Als ich in der Umkleidekabine war – du kennst ja das Chaos bei H&M –, nehme ich zwei Hosen, hänge das Kleid unter einen Mantel und marschiere in die Umkleide. Die Verkäuferin fragt, wie viele Teile? Ich antworte, drei.« Jamaica machte eine Pause. Ein glückliches Lächeln lag um ihre Mundwinkel. »Ich probiere das Kleid an und es passt wie angegossen. Genauso gut könnte im Etikett stehen: Modell Jamaica.«
Langsam ahnte ich etwas. »Und dann?«
»Habe ich es einfach über der Hose angelassen, meinen Mantel darübergezogen und bin wieder rausmarschiert. Den anderen Mantel und die beiden Hosen habe ich zurückgehängt und zugesehen, dass ich verschwinde.«
»Du hast es geklaut?«
Sie nickte.
»Und das Plastikteil? Das piepst doch, wenn du den Laden verlässt.«
»Habe ich vorher rausgeschnitten und das Loch zu Hause zugenäht. Ein paar Pailletten darüber und nichts mehr zu sehen.«
»Jamaica, das ist Diebstahl!« Ich starrte sie an. Ein paarmal schwänzen, Entschuldigungen fälschen – ja, so etwas passte zu Jamaica. Aber Diebstahl?
»Ich weiß.« Sie nickte. »Dafür kann man ins Gefängnis kommen.«

»Wenn du vorbestraft bist, dann . . .«
»Meinst du, ich mache das jede Woche? Nein! Nur dieses eine Mal. Dieses Kleid wird, es muss mein Leben retten, verstehst du!«
»Nein, das verstehe ich nicht.«
Bei Jamaicas dunkler Hautfarbe konnte sie gar nicht blass werden, aber es kam mir so vor. Ihre dunklen Augen wirkten noch schwärzer als sonst.
»Lisa ist tot und dein Bruder . . . he, wenn ich in nächster Zeit sterben soll, möchte ich einmal im Leben so ein Kleid getragen haben, mich ein einziges Mal fühlen, als sei ich Germany's Next Topmodel!«
Ich sagte kein Wort mehr. Jamaica war nicht im Recht, dennoch verstand ich, was in ihr vorging. Denn ich wollte noch einmal mit Finn in diesem Hotel sein und ihn küssen.
Aber ich würde nicht sterben und Jamaica auch nicht!
»Na ja«, seufzte ich. »Jetzt ist es sowieso zu spät.« Mir fiel etwas ein. »Wie willst du das deiner Mutter erklären?«
Jamaica zuckte die Schultern. »Die kommt sowieso nicht zum Ball, weil sie arbeiten muss. Weißt du, wer heute Abend eine Reservierung im Restaurant hat?«
»Keine Ahnung!«
»Dieter Bohlen!«
Wir brachen in Lachen aus.

Damenwahl

Das Kleid machte mich nervös, die Schuhe verursachten Panikattacken. Noch nie hatte ich mich so unsicher gefühlt. Der schwarze Taft rauschte beim Gehen und es schien mir wie ein düsteres Versprechen, dass dieser Abend ein Reinfall würde. Kurzum: Ich war nicht ich selbst.
Was vielleicht nicht einmal ein Nachteil war.
Unvorstellbar, dass meine Mutter es vor Kurzem kaum geschafft hatte, aus dem Bett zu kommen. Nun war ihre Stimmung ins genaue Gegenteil gekippt. Übertrieben laut und fröhlich wiederholte sie immer wieder, wie erwachsen ich aussah. »Einfach toll!«
Die meisten von uns hatten sich bereits auf der Tanzfläche versammelt. Valerie und Ruven sahen zusammen aus wie ein Brautpaar. Sie trug ein beigefarbenes Satinkleid, das unterhalb der Brust geschnürt war und bis zum Boden reichte. Lange Trompetenärmel verdeckten ihre Hände. Ruvens schwarze Samtjacke besaß zwei Reihen silberner Knöpfe wie eine Uniform. Darunter schaute ein weißes Hemd mit Stehkragen hervor.
Ich fand es einfach albern, wie sie aussahen. Mein Blick schweifte durch die Aula auf der Suche nach Carlotta. Sie saß mit ihren Eltern am Tisch und schien nicht gerade glücklich zu sein. Im Gegensatz zu ihren besten Freunden hatte sie sich für ein schlichtes Kleid entschieden, das keinerlei Schmuck aufwies.
Als ob sie Trauer trägt, dachte ich.

Tom gab sich alle Mühe, mich aufzuheitern. Er wich nicht von meiner Seite und spulte das komplette Gentleman-Programm ab. Hielt mir die Tür auf, half mir aus dem Mantel, brachte Getränke, begrüßte an meiner Seite meine Freunde und deren Eltern, bestätigte Komplimente über mein Aussehen mit einem Nicken. Ganz so, als gehöre ich ihm.
Er nervte gewaltig und ich musste unwillkürlich den Impuls unterdrücken, mich aufs Klo zu flüchten, um endlich Ruhe vor ihm zu haben.
Endlich entdeckte ich Jamaica auf der Tanzfläche. Ich winkte ihr zu und sie kam zu mir herüber.
Sie sah umwerfend aus. Das Kleid war der helle Wahn! Silberne Pailletten funkelten im Licht der Kerzen, die überall auf den Tischen standen, und während ausnahmslos alle lange Kleider trugen, reichte ihres nur knapp übers Knie. Woher die silbernen Pumps und die riesigen Ohrringe stammten, wollte ich gar nicht erst wissen.
»In dem Kleid kannst du dich unmöglich setzen«, flüsterte ich ihr zu. »Sonst rutscht der Stoff hoch und man sieht deinen Slip!«
»Bist du sicher, dass ich einen trage?«, kicherte sie und verschlang Tom mit ihren schwarzen Augen. Kurzum, sie war genau in der Stimmung, die sie prophezeit hatte. Als könnte dieser Abend tatsächlich ihrem Leben eine entscheidende Wende geben! Es war mir allerdings völlig schleierhaft, warum ihr entging, dass Tom keinen einzigen Blick an sie verschwendete.
Und dann kam Finn auf uns zu. Finn in einer normalen Jeans, einem schwarzen Hemd und einem gleichfarbigen Sakko, das locker auf seinen Schultern saß. Er war, so schien es mir, der Einzige, der sich nicht maskiert hatte, keine Rolle spielte. Er würdigte mich keines Blickes, sondern erklärte an Jamaica gewandt: »Frau Kaluza will, dass wir uns zum Walzer aufstellen.«

Ich tanzte den ganzen Abend: mit Tom, meinem Vater, Herrn Dunkelmann und einmal sogar mit dem Package, der mir ausnahmsweise nicht auf den Füßen herumtrat. Aber ich konnte nicht sagen, dass ich mich wirklich amüsierte. Auf Toms Versuche, mich zu unterhalten, antwortete ich lediglich einsilbig. Stattdessen verfolgte ich mit gemischten Gefühlen, wie Jamaica einen Tanz nach dem anderen mit Finn absolvierte. Brennende Eifersucht wechselte sich mit Erleichterung ab.
Sie war in einer aufgeregten Stimmung, als fürchte sie, die Polizei könne jeden Moment hereinstürmen und ihr das geklaute Kleid vom Leib reißen. Wenn ich beobachtete, wie sie an Finn gelehnt mit ihm tanzte, wünschte ich es mir fast.
»Was ist eigentlich los mit dir?«, hörte ich Tom sagen. Er hielt mich fest und lenkte meine Schritte mit einem entschiedenen Druck seiner verschwitzten Hand.
»Nichts«, murmelte ich.
»Trauerst du immer noch diesem Typ nach?« Er warf Finn einen ärgerlichen Blick zu.
»Er heißt Finn«, erwiderte ich. Hundert Mal hatte ich ihm das bereits erklärt und ich war mir sicher, er wusste den Namen.
Mein Magen war in Aufruhr und ich verspürte eine leichte Übelkeit hochsteigen, als Jamaica direkt neben uns eine riskante Drehung mit Finn riskierte. Tat sie das extra? Inzwischen kam es mir so vor.
Biest, dachte ich, doch im nächsten Moment schämte ich mich dafür.
Finn tanzte mit dem Rücken zu uns. Jamaica zwinkerte mir verschmitzt zu, gab mir ein Zeichen. Ich hatte keine Ahnung, was sie vorhatte. In der nächsten Minute näherten sie sich uns. Jamaica klopfte mir auf die Schulter und rief: »Partnerwechsel!«
Finn stand vor mir auf der Tanzfläche, während Jamaica mit Tom davonwirbelte.

Finn und ich starrten uns an. Um uns drängten sich die Paare auf der Tanzfläche.
Die Band spielte irgendeinen uralten Countrysong. Ich verstand lediglich: *Ring of fire.* Als spielten sie nur für uns. Ja, der Boden unter meinen Füßen brannte.
Konnte ich mich so irren?
»Wir können uns auch setzen«, rief ich gegen die Musik an.
Er murmelte so etwas wie *Schon gut* und zog mich an sich.
Love is a burning thing, dröhnte es in meinen Ohren.
War es meine letzte Chance?
»Es tut mir leid.«
»Kein Problem!« Er wich meinem Blick aus.
»Nein, ich sollte dir vertrauen«, kämpfte meine Stimme gegen den Satz *I went down, down, down, and the flames they went higher.*
»Damit wärst du die Einzige.«
Genau, dachte ich, genau darum geht es ja. Ich wäre gerne die Einzige.
And it burns, burns, burns, that ring of fire, that ring of fire.
Vielleicht hätten dieser Text und die Tatsache, dass wir eng aneinandergepresst tanzten, seinen Widerstand wenigstens ein bisschen brechen können, doch ausgerechnet jetzt klatschte die Kaluza in die Hände und rief: »Pause! Die Herren holen den Damen etwas zu trinken.«
Abrupt blieben wir stehen.
»Was möchtest du?«, fragte Finn, ohne mich anzusehen.
»Wasser.«
Möglicherweise wäre Finn sogar wiedergekommen, doch ich wollte nicht, dass er nur aus Höflichkeit mit mir sprach. Also bahnte ich mir einen Weg durch die Menge und rannte hinaus auf den Schulhof, wo ich mich hinter das Bushäuschen auf die alte Mauer setzte. Es war zu beiden Seiten von hohen Sträuchern eingewachsen. Niemand konnte mich hier sehen.

Es war stockdunkel. Die hochhackigen Schuhe versanken bei jedem Schritt im Matsch und mein Atem stieg in kleinen Wolken vor meinem Mund auf.
Außerdem war mir kalt. Ich hätte den Mantel mitnehmen sollen, schließlich hatte ich gerade erst eine Erkältung überstanden. Andererseits war ich froh, endlich allein und Tom, Finn und Jamaica entkommen zu sein. Und nicht zuletzt auch meinen Eltern, die mir zuliebe krampfhaft versuchten, sich zu amüsieren, obwohl sie keinen Grund hatten, fröhlich zu sein.
Ich starrte hoch zum düsteren Himmel und verwundert sah ich die Sterne leuchten. Ich dachte nur, dass sie mich verspotteten mit ihrem romantischen Geglitzer. Ebenso wie dieser helle Bilderbuchmond.
Warum hatte er nicht in der Nacht, als Lisa starb, so hell geleuchtet?
Was war mit Lisa passiert?
Was hatte sie dort im Wald gemacht?
Sie war kein Abenteuertyp gewesen.
Allerdings hätte sie alles getan, um Ruven zu gefallen. Der Gedanke schoss mir ebenso schnell durch den Kopf, wie ich ihn wieder verscheuchte.
Aber Finn und Lisa?
Wie konnte ich nur denken, Finn hätte etwas mit ihrem Tod zu tun?
Ich hatte die beiden doch nie zusammen gesehen.
Aber – schoss mir sofort der Gedanken durch den Kopf, Ruven hatte ich schließlich auch nie alleine mit Lisa gesehen, oder?
Es war so einfach, jemanden zu beschuldigen, den man eigentlich nicht kannte. Klar – sonst müsste man ja jemanden, der einem vertraut war, verdächtigen!
Mir war kalt. Ich sollte wieder hineingehen.
In diesem Augenblick vernahm ich Stimmen auf dem Pausen-

hof. Jemand lachte, und wenn mich nicht alles täuschte, hörte es sich nach Jamaica an.

Ich schob mich dichter ins Gebüsch. Die Äste, die mir die nackten Arme zerkratzten, ignorierte ich.

Wieder hörte ich ihre Stimme, dieses Mal lauter. Jamaica war kein Typ der leisen Töne. »Hilfe!«, rief sie. »Ich glaube, ich muss mich an dir festhalten.«

Ich hielt den Atem an, doch die Antwort konnte ich nicht verstehen.

War sie mit Finn da draußen?

Klar, weil sie Tom nicht kriegen konnte.

Dann hörte ich sie seufzen. »Mir ist kalt.«

Eine kurze Pause, sie kicherte aufreizend. »Wie findest du mein Kleid?«

Nun, die Silhouette ihres kurzen Kleides war durch die Kunststoffverkleidung der Bushaltestelle nicht zu übersehen. Auch nicht, dass die beiden eng beieinanderstanden. Küssten sie sich?

Unwillkürlich trat ich ein Stück vor.

Verdammt! Ich konnte es nicht erkennen.

Sie sprachen leise miteinander. Selbst Jamaica war kaum zu verstehen. Nur ein undeutliches Gemurmel, bis Jamaicas Stimme plötzlich lauter wurde. »Ich kenne dein Geheimnis . . .«

». . . Geheimnis?«

Das war eindeutig eine tiefe Stimme.

Verdammt, ich konnte nichts verstehen. Vor Aufregung stieß mein Kopf an die Plastikverkleidung der Bushaltestelle. Alles was ich wahrnahm, war eine aufgeregte Diskussion.

Oder sogar ein Streit?

Nein, Jamaicas Gekicher klang nicht nach einer Auseinandersetzung. Eher so, als ob sich ihre Hoffnungen auf diesen Abend erfüllten.

Also war sie doch mit Tom hier draußen?
Oder hatte sie lediglich Alkohol getrunken?
Das Gerücht besagte, Ruven hätte hochprozentige Getränke in seinem Rucksack mitgebracht.
»Du kannst dich auf mich verlassen«, erklärte Jamaica nun in diesem Tonfall, den sie draufhatte, wenn sie besonders cool wirken wollte. »Ich bin kein Verräter.« Und dann: »Jeder hat ein Ziel, für das er lebt.«
Vor Aufregung trat ich auf einen Ast, der laut knackte.
Verdammt!
Jamaica brach abrupt ab. »Komm, gehen wir woandershin«, hörte ich sie flüstern. In der nächsten Sekunde waren sie verschwunden.

Der letzte Tango

Keiner von ihnen war zu sehen: weder Jamaica noch Finn noch Tom. Weder auf der Tanzfläche noch am Getränkestand noch an einem der Tische. Sie hatten sich in Luft aufgelöst.

Dafür stürzte sich verzweifelt das Package auf mich: »He, Sofie, tanzt du mit mir den Tango? Ich sterbe für diesen Tanz.« Er warf den Kopf in den Nacken und hob theatralisch den Arm.

Normalerweise hätte ich darüber lachen müssen, aber jetzt hatte ich andere Dinge im Kopf.

Ich schüttelte den Kopf. »Den habe ich bereits jemandem versprochen.«

»Tom?«

»Hast du ihn gesehen?«

»Nein«, er schüttelte den Kopf und verzog das Gesicht zu einer Grimasse.

Ich mochte das Package. Wenn er nicht gerade unglücklich verliebt war, dann konnte er wirklich witzig sein.

»Hast du es schon mit Carlotta versucht?«, fragte ich.

Er zuckte mit den Schultern. »Die hat wieder einmal einen Heulkrampf. Ist mit Valerie auf der Toilette verschwunden. Sind dort schon eine halbe Stunde. Was macht ihr Mädchen eigentlich immer auf dem Klo? Warum könnt ihr nicht alleine dorthin, sondern nur mit Begleitschutz?«

Die Toilette? Natürlich!

Ich hätte das Package küssen können für diese Idee!

Ohne auf meine Umgebung zu achten, rannte ich Richtung Klo.

Vorbei an dem Tisch meiner Eltern. Vor Aufregung trat ich auf den Saum meines Kleides.
Ein Geräusch, als ob der Stoff riss. Ich sah an mir hinab. Meine Schuhe waren total verdreckt.
Als ich aufblickte, stand plötzlich Jamaicas Mutter vor mir. Ich hatte nie das blaue Kleid gesehen, das Jamaica hätte tragen sollen. Doch als ich nun Frau Schuster vor mir sah, konnte ich es mir lebhaft vorstellen. Sie trug einen verstaubt wirkenden schwarzen Samtrock bis zu den Knöcheln. Dazu eine weiße Bluse mit Spitzenkragen. An ihrem Arm hing ein schwarzes Täschchen mit Samtbesatz. So war meine Oma in die Oper gegangen.
»Sofie!«, rief sie aufgeregt. »Weißt du, wo Lena ist?«
Sie wirkte aufgeregt und machte einen abgehetzten Eindruck. Auch mein Vater war aufgestanden und sah sich suchend im Saal um.
Ist das menschliche Gehirn nicht der totale Wahnsinn?
Mann, in diesem Moment dachte ich alles gleichzeitig. Meine Gedanken liefen sozusagen parallel.
Jamaica hatte gesagt, ihre Mutter müsse arbeiten. Warum also tauchte diese plötzlich hier auf? Zudem wusste sie nichts von dem Kleid. Besser, sie bekam ihre Tochter nicht zu Gesicht. Oder sollten wir behaupten, ich hätte Jamaica das Geld geliehen? Es könnte auch reduziert gewesen sein. Zwanzig Euro. Mehr nicht. H&M eben. Aber erst musste ich Jamaica finden, um sie zu warnen.
Andererseits: Wenn es tatsächlich Finn gewesen war, mit dem sie diese Nummer dort draußen abgezogen hatte, dann hatte sie es gar nicht verdient, gewarnt zu werden.
Am Ende blickte ich Jamaicas Mutter gehetzt an. »Keine Ahnung, wo sie steckt«, murmelte ich und flüchtete mich in die Toilette.

Niemand war zu sehen – nichts zu hören.
Eilig klapperte ich auf meinen hohen Absätzen die Kabinentüren entlang und schließlich registrierte ich: Am Ende der rechten Reihe zeigten zwei Türen das Besetztzeichen.
»Jamaica«, rief ich halb laut in die Stille.
Ich erhielt keine Antwort, dennoch hatte ich das untrügliche Gefühl: Ich war nicht allein.
»Jamaica?«
Stille.
»Ich wollte dich nur warnen: Deine Mutter ist da!«
Nein, ich hatte mich getäuscht. Sie war nicht hier.
Seufzend drehte ich mich um, doch als ich schon fast am Ausgang war, hörte ich ein Flüstern.
Unwillkürlich blieb ich stehen.
Na ja, ehrlich gesagt, ich ließ die Tür laut ins Schloss fallen. Natürlich von innen, denn eines war klar: Wenn hier jemand auf dem Klo war, würde er jetzt mit Sicherheit herauskommen.
Aber sich in der Toilette zu verstecken, dafür gab es viele Gründe. Zum Beispiel, dass etwas Verbotenes vor sich ging. Man zog sich zum Beispiel zum Rauchen zurück, schmierte die Klotüren mit coolen Weisheiten voll oder veranstaltete geheime Treffen.
Und dann hörte ich es erneut: Ein unterdrücktes Schluchzen kam aus der hintersten Kabine, dem ein ungeduldiges Gemurmel antwortete.
Eilig zog ich meine Schuhe aus und schlich mich leise zu den Waschbecken. Dort blieb ich stehen.
»Ich halt das nicht aus!«, sagte jemand.
Nein, nicht jemand, sondern eindeutig Carlotta. Und hundertprozentig war es Valerie, die genervt erwiderte: »Aber wir haben doch nichts getan! Und deshalb hältst du auch deine Klappe!«
»Das kann ich nicht!«

Irgendetwas ging da vor sich und, verdammt noch mal, ich hatte keinen blassen Schimmer. Das machte mich rasend.
Nun hörte ich wieder Valeries überreizte Stimme: »Wir gehen da jetzt raus und du denkst daran: Das Ganze ist ein Spiel. Du hast die Chance zu den Schattenelfen, zu den Begründern von Seeland zu gehören. Wir werden das Volk sein, das Mikilin Borg zu neuem Ruhm verhilft.«
Enttäuscht wandte ich mich um.
Es ging um eines ihrer Spiele. Sie befanden sich lediglich auf einem Trip, der sie in ihre Fantasiewelt führte. Aber da draußen war die Wirklichkeit und in der musste ich jetzt Jamaica finden, bevor es Ärger gab.
Ich streifte die Schuhe über, säuberte sie flüchtig mit einem Papierhandtuch und verließ die Toilette.
Es war ein ungünstiger Moment, denn ich stieß fast mit Frau Schuster zusammen, die mich erleichtert begrüßte: »Ist Lena da drinnen? Sie war so traurig, dass ich nicht zu ihrem Abschlussball kommen konnte. Ich wollte sie überraschen, deshalb hat Frau Jansen mir für den Rest des Abends freigegeben.«
Eine Lüge fällt leichter, wenn man nichts sagt, sondern nur den Kopf schüttelt.
»Ehrlich, dieses Mädchen bringt mich zur Verzweiflung. Sie macht, was sie will. Egal, was ich sage: Es ist falsch. Erklär du es mir.«
Hinter uns kamen Carlotta und Valerie aus der Toilette, Carlottas Gesicht fleckig vom vielen Weinen. Vergeblich hatten sie versucht, die Tränen mit noch mehr Make-up zu vertuschen.
In diesem Augenblick legte jemand seine kalte Hand auf meine nackte Schulter. Erschrocken wandte ich mich um: »Da bist du ja!« Tom stand vor mir. »Deine Eltern suchen dich. Sie wollen gehen. Deine Mam fühlt sich nicht gut.«

Ich sah mich automatisch nach meinen Eltern um, konnte sie jedoch nicht entdecken.
»Wir müssen uns beeilen«, fuhr er fort. »Der Tango beginnt gleich. Die stellen sich schon alle auf.«
»Klar«, sagte ich, erleichtert, Jamaicas Mutter zu entkommen. Zum Abschied warf ich ihr einen bedauernden Blick zu.
»Wer war das?«, fragte Tom im Gehen.
»Frau Schuster. Hast du Jamaica irgendwo gesehen?«
»Nein.«
»Ich möchte nur wissen, wo sie ist.«
Er deutete mit der Hand geradeaus und bemerkte spöttisch: »Ihr Tanzpartner scheint sie nicht zu vermissen.«
Finn stand an eine Säule gelehnt und starrte genau in meine Richtung. Als er mich mit Tom kommen sah, wandte er sich um und entfernte sich in Richtung Ausgang.
Unwillkürlich blieb ich stehen und machte mir plötzlich schreckliche Sorgen. Wo war Jamaica? Der Tango war ihr Lieblingstanz, das Highlight. Sie aber war verschwunden.
Ich spürte, wie mir plötzlich die Tränen kamen. Was war nur los hier? Warum musste nur alles so kompliziert und verwirrend sein? Ich wünschte, Mike wäre hier. Er hätte alle Probleme mit ein paar Worten gelöst und dann hätte er mit mir nach Jamaica gesucht.
»Ich wünschte, Mike wäre hier«, sagte ich laut. »Manchmal vermisse ich ihn ganz schrecklich.«
Tom zog mich mit sich auf die Tanzfläche. Die ersten Takte des Tangos erklangen. Der Titelsong aus dem Phantom der Oper.
»Jetzt hast du ja mich«, erklärte er und drückte fest meine Hand, ganz fest, bis es wehtat.

Das Kleid

In der Nacht nach dem Abschlussball stürmte es heftig. Laut peitschte der Regen gegen das Fenster. Irgendwo im Park wurden Gegenstände von dem heftigen, laut wütenden Sturm durch die Luft gewirbelt.
Wie seltsam und unwirklich: Trotz des Lärms, der durch das gekippte Fenster drang, glaubte ich den warnenden Ruf Oskars zu hören. Das war natürlich unmöglich. Jeder Mensch, jedes Tier verkroch sich in so einer Nacht irgendwo, suchte sich einen trockenen sicheren Unterschlupf.
Irgendwann gegen Morgen schlief ich ein. Die Eindrücke des Abschlussballs schwirrten die ganze Nacht in meinem Kopf herum. Es wäre wirklich praktisch, wenn man das Gehirn wie den Fernseher oder die Nachttischlampe einfach ausschalten könnte.
Mike meinte immer, he, was da oben abgeht, davon hat keiner einen Plan. Da können die ins Weltall fliegen, Außerirdische entdecken, nur was in dir vorgeht, bleibt allein dein Geheimnis. Das nimmst du mit in den Tod.
Mike hatte verdammt oft vom Tod gesprochen und sich nicht davor gefürchtet.
Schweißnass schreckte ich aus dem Schlaf. Ein Blick auf den Wecker zeigte: Es war bereits nach elf. Eilig sprang ich aus dem Bett, schlüpfte in meine Hausschuhe, zog den Bademantel über und machte mich auf den Weg ins Bad.
Aus dem Flur hörte ich Hendriks tiefe Stimme: »Wenn ik den Kerl erwische! Diesmal hat er hinter dem Pavillon gegraben.

Dann hat ihn wohl dat Wäder überrascht. Er hat dat Loch nich wieder zugebuddelt.«
»Woher wollen Sie wissen, dass es ein Mann ist?«, fragte meine Mutter ungeduldig.
»Fußabdrücke! Mindestens zwei Nummern größer als meine.«
Müde stolperte ich ins Bad, putzte die Zähne und überlegte, welchen Grund es geben konnte, in unserem Garten Löcher zu graben.
Von Weitem hörte ich die Türglocke.
Dann eine aufgeregte Stimme.
Ich unterbrach kurz das Zähneputzen, um zu lauschen. Der ruhige Tonfall meines Vaters, dann wieder die hohe aufgeregte Stimme.
Neugierig trat ich hinaus auf den Flur, wo ich auf Tom traf, der mit verwuschelten Haaren aus seinem Zimmer kam. Ihm schien es nicht besonders gut zu gehen, er sah fürchterlich blass aus. Die Augen zusammengekniffen, fragte er: »Was ist los?«
»Keine Ahnung.«
»Kannst du deiner Mam ausrichten, ich habe fürchterliche Kopfschmerzen und komme nicht zum Frühstück?«
Ich nickte und er kehrte mir den Rücken zu, um in sein Zimmer zurückzugehen, als plötzlich ein schreckliches Schluchzen erklang. Aufgeregt rannte ich die Treppe hinunter.
An der Haustür stand Jamaicas Mutter. Sie trug noch dieselben Kleider wie gestern Nacht. Ihr Make-up war verschmiert, die weiße Bluse schmutzig und sie presste einen blauen Stoff an ihre Brust.
Sobald sie mich erkannte, rannte sie auf mich zu, packte mich an der Schulter, schüttelte mich: »Wo ist sie? Wo ist sie?«
»Wer?«
»Lena!«
»Jamaica?«

»Sie war heute Morgen nicht da. Das Bett ist unberührt.« Ihre Stimme überschlug sich. »Ich habe mit Finn telefoniert. Er hat sie überhaupt nicht nach Hause gebracht. Er behauptet, sie sei irgendwann auf dem Ball verschwunden.«

Ich starrte sie an, schloss kurz die Augen und dachte: Nein, nicht Jamaica!

»Ich verstehe es nicht. Irgendwann muss sie doch nach Hause gekommen sein. Ihr Kleid hing im Schrank.«

Sie breitete den blauen Stoff vor meinen Augen aus.

Jamaica hatte recht. Dieses Kleid hätte ihren gesellschaftlichen Ruin bedeutet.

Doch wie sollte ich ihrer Mutter beibringen, dass sie es gar nicht angehabt hatte? Das würde doch bedeuten – Oh Gott! Jamaica war diese Nacht tatsächlich nicht zu Hause gewesen! Nicht einmal, um sich umzuziehen.

Doch bevor ich noch überlegen konnte, was ich antworten sollte, stellte meine Mutter stirnrunzelnd fest: »Aber das ist doch nicht das Kleid, das Lena gestern getragen hat!«

Entsetzt starrte Frau Schuster sie an. »Aber . . .«

»Nein«, erwiderte meine Mutter entschieden. »Sie trug etwas anderes. So ein kurzes schwarzes Teil mit Pailletten. Ein bisschen zu schick für ihr Alter. Ehrlich, ich habe mich noch gewundert, dass Sie das erlauben.«

»Ich verstehe nicht . . .« Jamaicas Mutter wurde blass. »Welches Kleid?«

Und nun? Wie sollte ich das erklären?

Mein Herz klopfte laut vor Schuldgefühlen und vor Panik, Jamaica könne etwas zugestoßen sein.

Wie Lisa.

Ich musste das mit dem Kleid erklären. Egal, ob Jamaica sauer war. Allerdings schien es das Einfachste, erst einmal in Tränen auszubrechen.

Es war mein Vater, der mich in den Arm nahm. »Am besten, Motte, du erzählst einfach alles von Anfang an.«
Und das tat ich. Ich berichtete ihnen alles über das Kleid und den Diebstahl.
Danach schwiegen wir.
»Warum hat sie nicht mit mir darüber geredet? Wenn ihr das Kleid wirklich zuwider war, hätten wir ein anderes gefunden«, sagte Frau Schuster.
»Vielleicht wollte sie nicht, dass Sie dafür Geld ausgeben«, hörte ich plötzlich Tom. Ich wandte mich um. Offensichtlich hatten sich seine Kopfschmerzen gebessert. Er war nicht mehr ganz so blass.
»Ob sie deshalb weggelaufen ist?«, fragte Jamaicas Mutter. »Hat sie mich vielleicht auf dem Ball gesehen und fürchtete den Ärger, wenn ich das mit dem Kleid herausfinde?«
Ich schüttelte den Kopf. »Jamaica ist nicht feige.«
»Ich glaube, Sofie hat recht«, mischte sich mein Vater ein. »Lena hat das Risiko in Kauf genommen, beim Ladendiebstahl gefasst zu werden. Sie wird doch ihre eigene Mutter nicht mehr fürchten als die Polizei. Apropos Polizei. Wir müssen sie verständigen. Schließlich ist bereits ein Mädchen . . .«
Er sprach es nicht aus, aber wir wussten alle, was er meinte.

Während mein Vater zum Telefon ging und meine Mutter in der Küche Tee für Jamaicas Mutter kochte, zog ich mich in mein Zimmer zurück, wo ich mich aufs Bett warf und in die Luft starrte. Alles war wie bei Lisas Verschwinden. Die Polizei, die Suchhunde und die Gerüchte. Nur würde diesmal das Dorf keinen eigenen Suchtrupp zusammenstellen. Jamaica war schließlich nicht die Tochter des Bürgermeisters, sondern ein farbiges Mädchen einer allein erziehenden Mutter mit einem unbekannten Vater aus Jamaica.

Alle Fragen, die meine Eltern mir gestellt hatten, schwirrten durch meinen Kopf.
War mir an dem Abend etwas aufgefallen?
War Jamaica anders gewesen als sonst?
Hatte sie je darüber gesprochen, von zu Hause wegzulaufen?
Die Erwachsenen hatten mich angesehen, als könnte ich diese Fragen locker beantworten. Ja, klar war sie anders gewesen.
Und warum?
Weil sie total in Tom verknallt war, der sie völlig ignorierte.
Konnte ich das aussprechen, wenn er mit am Tisch saß?
Wann hatte ich Jamaica zum letzten Mal gesehen? Sie hatte mit Tom getanzt. Später hatte ich ihre Stimme draußen gehört. Nur gesehen hatte ich sie nicht, nur geglaubt, es sei ihre Stimme.
Wie viel Uhr war es da gewesen? Ich hatte keine Ahnung.
Und wenn ich das erzählte, müsste ich Finns Namen nennen.
Oder war sie mit Tom draußen gewesen? Mit ihm hatte sie vorher getanzt! Aber ich hatte Tom getroffen, als ich wieder in den Saal zurückkehrte. Finn allerdings war eine Zeit lang verschwunden gewesen.
Wie sollte ich helfen, ohne Jamaica zu verraten und Finn erneut zu verdächtigen?
Und wenn Jamaica in den nächsten Minuten einfach zur Tür hereinschlenderte?
Mit ihrem frechen Grinsen? Das wäre doch typisch für sie! Und hatte sie nicht tatsächlich immer wieder davon gesprochen, wegzugehen, nach ihrem Vater zu suchen?
Andererseits: Lisa war tot.
Wäre Mike noch da, ich wüsste, was ich zu tun hätte. Ich würde sofort zu ihm gehen und ihn um Rat fragen.
Aber Mike war nicht hier.
Nur Tom!
Und von ihm würde ich garantiert keine Antworten bekommen.

Oder doch?
Entschlossen stand ich auf.
Vermutungen, Spekulationen, Verdächtigungen – davon hatte ich die Nase voll.
Es wurde endlich Zeit, die richtigen Fragen zu stellen.

Ein gebrochener Eid

Leise klopfte ich an Toms Tür und lauschte.
Nichts war zu hören.
Ich klopfte erneut. Diesmal energischer.
Als wieder keine Antwort kam, öffnete ich entschlossen die Tür.
Das Zimmer meines Bruders hatte immer nach Mike gerochen, einer Mischung aus Adidas und Kaugummi. Jetzt hing ein modriger Geruch über dem Raum, der mich an das Moor nach einem starken Regen erinnerte.
Mikes persönliche Sachen waren endgültig verschwunden. Das große Poster von Australien zum Beispiel über dem Bett, der Stapel Taucherzeitschriften auf dem Fußboden, die ungewaschenen Sportklamotten über dem Stuhl.
Überhaupt sein Chaos. Es hatte immer wieder Anlass zu Diskussionen mit meiner Mutter gegeben.
»Mam«, hatte er gegrinst. »Es ist mein Zimmer und mein Chaos. Ich falle doch auch nicht in euer Schlafzimmer ein und zähle auf, was dort herumliegt.«
Tom dagegen war ordentlich. Das Bett war sorgfältig gemacht. Seine Turnschuhe standen akkurat neben der Tür. Auf dem Schreibtisch lag nichts herum. Nur Mikes Laptop stand genau in der Mitte.
Von Tom selbst war nichts zu sehen.
Jamaica kam mir erneut in den Sinn, die hier herumgeschnüffelt hatte. Bildete ich es mir ein oder hatte sie tatsächlich versucht, etwas vor mir zu verbergen? Und hatte sie mich nicht kurz danach gefragt: »Was weißt du über Tom?«

Nichts!
Ich wusste nichts über Tom.
Zögernd machte ich einen Schritt nach vorne.
Tom oder meine Mutter – einer von ihnen hatte Mikes Sachen weggepackt, um Platz für Toms Besitz zu schaffen. Ich öffnete die Tür des Schreibtisches. Ganz vorne lag sein Pass. Ich nahm ihn kurz in die Hand. Das Foto war nicht neu. Er sah völlig anders aus. Nicht nur die Frisur, auch die Farbe seiner Haare. Jetzt war er blond, doch die Aufnahme zeigte ihn mit braunem, radikal gekürztem Haar.
Ich wurde mutiger: ein Stadtplan von Rostock, ein Stapel Prospekte über unsere Gegend und dann zog ich einen großen Bildband über Schlösser und Gutshäuser in Mecklenburg-Vorpommern hervor.
Unschlüssig blätterte ich darin herum, bis ich auf die Idee kam, nach unserem Haus zu suchen. Ich fand es auf Seite 218: Kranichstein, Gutshaus, erbaut im 14. Jahrhundert; bis 1850 Eigentum der Familie Rosenthal; 1850 Verkauf an Familie Fischer.
Als ich das Buch zuklappen wollte, fielen einige Blätter heraus und segelten langsam zu Boden.
Kopien.
Neugierig hob ich sie auf.
Abstammungsurkunde, las ich.
Vage erinnerte ich mich, dass Toms Vorfahren aus Deutschland kamen. Sogar aus unserer Gegend, Mike hatte etwas darüber geschrieben. Vielleicht war er hier, um – wie hieß das noch – Ahnenforschung zu betreiben.
Doch ich traute meinen Augen nicht, als ich die Kopie näher betrachtete. Nicht Toms Name stand auf dem Blatt, sondern ein anderer: Michael Voss.
Mutter: Caroline Voss.
Vater: Jens Voss.

Geburtsort: Hamburg.
Ungläubig starrte ich auf das Datum der Geburt: 13. Juni 1989.
Das war Mikes Geburtstag.
Ich verstand es erst nicht.
Oder besser, ich kapierte es sofort, aber ich wollte es nicht wahrhaben.
Ein Gefühl von Kälte breitete sich in mir aus. Es war, als ob jemand eine kalte Flüssigkeit in mir ausgoss. Zumindest fühlte sich das Blut in meinen Adern eisig an.
Diese Urkunde konnte nur eines bedeuten: Mike war Michael und Michael war Mike. Seine Eltern waren nicht meine Eltern, also war er nicht mein Bruder.
Die Urkunde in der Hand, setzte ich mich aufs Bett und starrte in die Luft. Es war naiv, aber bis jetzt hatte ich mir immer noch eingebildet, die Welt an sich sei erklärbar. Wenn ich mich nur anstrengte, Physik, Chemie oder Biologie zu verstehen, würden die meisten Fragen beantwortet: Woher kommen wir, wohin gehen wir und so weiter.
Nun aber fand ich für die dringendsten Fragen keine Lösung und kein Lehrer auf dieser Welt konnte sie mir beantworten.
Ich spürte, ich war an eine Grenze gekommen. Alles Schwere, Dunkle, Geheimnisvolle, das mich die letzten Monate, Wochen und Tage beunruhigt hatte, sollte aufhören, einfach nur aufhören.
Mit Tom zu reden, konnte ich vergessen.
Wie sollte ich ihm vertrauen? Er hatte die ganze Zeit von dieser Sache gewusst und nichts darüber gesagt. Und woher hatte er diese Urkunde? Ganz unten fand ich den Originalstempel. Mit einiger Mühe konnte ich das Datum der Beglaubigung entziffern: Hamburg, 30. Juli 2006.
Diese Kopie war am 30. Juli 2006 vom Standesamt Hamburg ausgestellt worden.

Da war Mike noch zu Hause gewesen.
Hatte er von dieser Urkunde gewusst? Hatte er selbst sie beantragt?
Aber woher hatte Tom dann die Urkunde? Warum bewahrte er sie in diesem Buch auf?
Ich sprang auf: Wer war er wirklich?
Aufmerksam blickte ich mich im Zimmer um und öffnete schließlich den Kleiderschrank. Ganz unten stand ein Rucksack. Ich zog ihn heraus und überprüfte ohne Zögern die Seitentaschen. Sie waren leer. Im Deckel fanden sich ein Taschenmesser, eine alte Busfahrkarte, ein Päckchen Kaugummi, ein Stirnband, einige australische Münzen.
Nicht gerade spektakulär.
Entschlossen klappte ich den Deckel nach hinten und löste die Schnur. Das Innenfach war geräumig, wenn auch leer. Lediglich das untere Fach war prall gefüllt. Als ich es öffnete, fiel mir ein Schlafsack entgegen. Übrig blieb nur ein Innenfach an der Rückenseite des Rucksackes. Ich zog den Reißverschluss zur Seite, fuhr mit der Hand hinein und fühlte etwas Flaches: eindeutig Papiere!
Meine Finger zitterten, als ich das Bündel hervorzog.
Der abgegriffene Umschlag war von einem Reisebüro. Profi Travel – über dieses Büro hatte auch Mike die Reise nach Australien gebucht. Ich öffnete ihn und prüfte das Flugticket, das auf Toms Namen ausgestellt war.
Brisbane – Los Angeles – München – Rostock.
29 Stunden Flugzeit.
Ankunft am 29. April 2007.
Tom war dieselbe Strecke geflogen wie Mike.
Ich wollte das Ticket zurück in den Umschlag stecken, als mir etwas einfiel.
Stopp!

Tom war am 30. April zu uns gekommen. Am Morgen des 30. war er in Hamburg gelandet. Das wusste ich genau, denn es war das Datum, für das Mike seinen Rückflug gebucht hatte. Doch laut Flugticket war Tom bereits einen Tag früher angekommen. Nun, das musste nichts bedeuten, oder? Er konnte einen Tag in Hamburg oder Rostock verbracht haben.
Aber warum hatte er nichts davon gesagt?
Ungeduldig öffnete ich zum zweiten Mal das Deckelfach des Rucksackes. Hier war doch irgendwo eine Busfahrkarte gewesen.
Da! Ich faltete sie auf und strich das zerknitterte Papier glatt.
Linie A122.
29. April 2007.
Abfahrt 20:03 in Rostock.
Der Acht-Uhr-Bus.
Ich fühlte, wie mir plötzlich schwindelig wurde. Sah wieder die Lichter des Busses im Nebel auf mich zukommen. Spürte den Regen und dieses unheimliche Gefühl, das ich an dem Abend von Lisas Verschwinden empfunden hatte, breitete sich in mir aus.
Das Gesicht, das mich anstarrte.
Konnte es Tom gewesen sein?
Nur – wie konnte er wissen, dass ich es war? Sofie?
Gänsehaut überzog meine Arme. Ich sog hörbar den Atem ein und es überraschte mich, dass ich keine Angst empfand, sondern nur grenzenlose Wut.
In der nächsten Sekunde sprang ich auf.
Ich wollte verdammt noch mal wissen, was dieser Typ für ein Spiel spielte! Und, das schwor ich mir, ich würde es herausfinden. Ich war niemand, der schnell aufgab. Zu irgendetwas musste es schließlich gut sein, wenn man als Streber galt.
Sorgfältig packte ich alles zurück in den Rucksack und verließ Toms Zimmer.

Nein, nicht Toms – Mikes Zimmer!

Zurück in meinem Zimmer, suchte ich nach der letzten Mail, die Mike geschrieben hatte. Sie war nur kurz.

18. Januar 2007
Brisbane, Mike
Night on January 1st, 2007
Stimmung: I feel homesick!
Zitat des Tages: Whatever happens, don't let go of my hand!

Dear sisterheart,

was essen eigentlich die Australier, fragst du. Natürlich Kängurus, Wasserbüffel, Emus und – Krokodile; dazu zerkochtes salzloses Gemüse. Als Spezialität gelten auch der Bärenkrebs und der Balmain-Käfer aus der Spezies der Krustentiere. Ich höre dich schon Igitt rufen.
Jetzt verstehst du sicher, dass ich mich nach deutschem Essen sehne! Und nur wegen des Essens (grins.-)) komme ich wie geplant am 30. April zurück.
Tom ist ziemlich sauer auf mich, weil ich nicht die Absicht habe, länger hierzubleiben. Er würde zu gerne mit mir nach Deutschland fliegen, um seiner Mutter zu entkommen, mit der er sich überhaupt nicht versteht. Allerdings kann er sich das Flugticket nicht leisten. Andererseits bin ich froh, ihn eine Zeit lang nicht zu sehen. Er ist ziemlich nervend. Ständig leidet er unter diesen Kopfschmerzen, ist reizbar, manchmal sogar unausstehlich. Noch ein Grund, hier abzuhauen.
Du wirst allerdings merken: Ich bin nicht mehr derselbe wie der, der weggefahren ist. Kein Wunder, schließlich sieht von hier aus nicht nur der Sternenhimmel, sondern die ganze Welt

anders aus. Aber egal, was passiert - du bist die beste »Schwester«, die man sich wünschen kann:-)

HDL Mike!

Mike, dachte ich, egal wo du jetzt bist, was auch immer passiert: Du bist und bleibst mein Bruder.

»Sofie?«

Die Stimme meines Vaters riss mich aus meinen Gedanken. Schnell schob ich das Blatt unter das Kopfkissen.

Die Wahrheit?

Hast du geweint?« Mein Vater trat ins Zimmer und musterte mich besorgt.
Ich wischte mit der Hand über die Augen. Ehrlich, ich hatte gar nicht bemerkt, dass mein Gesicht nass vor Tränen war.
Er drückte mich unbeholfen an sich. Ausgerechnet jetzt! Seit der Nachricht von Mikes Unfall hatte er mich nicht mehr umarmt. Nun aber lag mein Kopf an seiner Brust und er strich mir über das Haar. Ich hätte ewig so stehen bleiben können.
Ich dachte daran, was ich eben über Mike herausgefunden hatte. Gab es dafür eine andere Erklärung als die, dass unsere Eltern uns die ganze Zeit belogen hatten?
Nein. Tief in meinem Inneren wusste ich, dass ich mir nichts vormachen konnte.
Und jetzt stand Pa direkt vor mir. In seinem Gesicht lag dieser liebevolle Ausdruck, die Stimme klang ehrlich besorgt. Ich spürte, dass er nur einen Wunsch hatte, mich zu schützen und dafür zu sorgen, dass mir nichts passierte. Nein, ich brachte es nicht übers Herz, ihm jetzt in diesem Moment zu sagen, was ich wusste.
»Motte«, sagte er, »die Polizei ist unten . . .«
»Die Polizei?« Ich starrte ihn entsetzt an, hätte ihm zu gerne erklärt, dass ich keine Zeit für die Polizei hatte, aber das war unmöglich. Denn, dachte ich, es geht nicht nur um dich, sondern um Jamaica. Hast du vergessen, dass sie verschwunden ist?
»Sie wollen dir ein paar Fragen wegen Lena stellen.«

»Okay«, nickte ich und dann fiel mir noch etwas ein: »Wo ist Tom?«
»Zu der Stelle im Wald gefahren, wo Lisa gefunden wurde. Aber ich hoffe bei Gott, Lena ist einfach nur ausgerissen. Die Probleme mit ihrer Mutter . . .« Er stockte, offenbar in der Hoffnung, ich würde ihm zustimmen. »Viele Jugendliche laufen in diesem Alter von zu Hause weg.«
»Probleme?«, wiederholte ich. »Jamaica hatte keine Probleme mit ihrer Mutter.«
»Es wird alles wieder gut, Motte.« Mein Vater wandte sich Richtung Tür.
»Pa«, rief ich ihm nach.
»Ja?«, er wandte sich um.
»Mike . . .«
Er sah mich abwartend an: »Was ist mit Mike?«
»Wo wurde er geboren?«
Er runzelte die Stirn, warf mir einen schnellen Blick zu und fragte: »Warum willst du das ausgerechnet jetzt wissen?«
Ich schwieg.
Mein Vater seufzte, wandte sich um und war schon fast zur Tür draußen, als ich die Antwort hörte: »In der Uniklinik, das weißt du doch.«
Er hatte nicht gelogen.
Es stimmte. Mike war in der Uniklinik geboren. Aber nicht in Rostock, sondern in Hamburg.

Als wir die Küche betraten, war meine Mutter gerade dabei, den beiden Polizisten Tee einzugießen.
»Möchtest du auch etwas trinken?«, fragte meine Mutter.
»Nein.«
»Oder etwas essen? Es ist schon nach zwei und du hast nicht einmal gefrühstückt.«

»Nein!«

Die Arme über der Brust verschränkt, blieb ich abwartend in der Tür stehen, genau so, wie man es von einer Jugendlichen erwartete, auch wenn für mich das Verhalten ziemlich ungewohnt war.

Herr Berger, Carlottas Vater, nickte mir dennoch aufmunternd zu. »Komm her und setz dich!«

Betont langsam ging ich zum Tisch und ließ mich auf einen Stuhl fallen.

»Ich weiß ja«, begann Herr Berger, »ihr habt immer Geheimnisse vor uns Erwachsenen.« Er nahm langsam einen Schluck Tee. »Vermutlich habt ihr damit auch recht. Sicher ist es oft nicht einfach mit uns. Wir glauben alles besser zu wissen und merken dabei nicht, wie die Welt sich verändert.«

Etwas brachte mich dazu, die Beine weit von mir zu strecken und die Arme über der Brust zu verschränken.

Es schien ihn nicht zu stören, im Gegenteil, unwillkürlich lehnte er sich zurück, als wolle er mir so mehr Raum geben und mir helfen, Distanz zu schaffen. »Nur diesmal ist es anders, verstehst du. Du weißt, was mit Lisa passiert ist, und du willst sicher nicht, dass Lena dasselbe zustößt.«

Ich schüttelte stumm den Kopf.

»Hatte Lena vor, von zu Hause wegzulaufen?«, fragte er.

»Nein.«

»Aber das gestohlene Kleid . . . sie hatte doch sicher Angst vor ihrer Mutter. Das wäre ein triftiger Grund auszureißen.«

»Sie ist ja nicht erwischt worden«, stellte ich fest.

»Sie hatte lediglich Glück«, gab er zurück.

Ich spürte den Wunsch, Jamaica zu verteidigen. »Wir hatten vor, es zu bezahlen. Heute noch hätte ich ihr das Geld gegeben.« Ich sprach immer schneller. »Sie sollte doch dieses schreckliche Kleid ihrer Mutter tragen. Damit konnte sie in keinem Fall beim Abschlussball erscheinen. Sie hätte ausgesehen wie ein Sofakissen. Dieser Abend, er war extrem wichtig für sie.«

Herr Berger musterte mich nachdenklich.

»Wer war ihr Partner für den Abend?«

Ich zögerte. »Finn Jansen.«

Ich hörte, wie meine Mutter tief Luft holte. Dabei hatte sie keine Ahnung, aber auch gar keine.

»Sie hat also für ihn dieses Kleid geklaut? Das ist interessant, denn du weißt ja sicher . . . wir haben seine Reifenspuren im Gespensterwald entdeckt.«

Es stimmte also doch! Sie hatten seinen Roller beschlagnahmt oder zumindest überprüft.

Mein Herz schlug laut. Ich konnte mir nicht vorstellen, dass keiner das hörte. »Finn fährt dort immer herum«, verteidigte ich ihn instinktiv. »Er fotografiert.«

Herr Berger musterte mich abwartend.

»Wolltest nicht zuerst du mit Finn Jansen zum Ball gehen?«

Ich starrte ihn erschrocken an.

»Du möchtest wissen, woher ich das habe?« Er lächelte. »Nun, du vergisst, meine Tochter geht mit dir in dieselbe Klasse. Außerdem hat Finn selbst es mir erzählt. Du durftest nicht mit ihm gehen, weil es diese Gerüchte gab, er sei schuld an Lisas Tod.«

Ich hoffte, er würde mir nun einen Beweis liefern für Finns Unschuld, doch das tat er nicht.

Stattdessen meinte er: »Also, mit wem wollte Jamaica nun eigentlich auf den Ball? Für wen hat sie das Kleid gestohlen?«

Ich hob den Kopf. Da war plötzlich dieses Gefühl in mir, mich rächen zu wollen. »Sie hat es für Tom geklaut«, fauchte ich. »Und wenn ihr es genau wissen wollt, er hat gelogen. Er ist nicht am 30. April in Rostock gelandet, sondern schon einen Tag früher.«

Ich war überrascht über die Wirkung. Ein großes Schweigen, dramatischer als jeder Trommelwirbel. »Woher weißt du das?«, fragte meine Mutter.
»Ich weiß es eben«, erwiderte ich.
Mein Vater stand auf, trat an meinen Stuhl und legte die Hände auf meine Schulter. »Was willst du damit sagen? Dass Tom etwas mit Lisas Tod oder Lenas Verschwinden zu tun hat?«
»Jamaica«, stieß ich zornig hervor. »Sie will Jamaica genannt werden. Sie hasst den Namen Lena.«
Niemand antwortete, also redete ich einfach weiter. »Ja, Jamaica ist total in Tom verknallt. Sie würde alles machen, um ihm zu imponieren. Aber etwas stimmt nicht mit ihm. Warum behauptet er, er sei erst am 30. April angekommen? Ich glaube jedenfalls, dass ich ihn schon am Tag davor gesehen habe. An dem Abend von Lisas Verschwinden.«
Nun erhob sich Mam. Ich spürte bis zum Ende des Tisches, wie sie am ganzen Körper zitterte.
»Geh sofort in dein Zimmer!« Ihre Stimme überschlug sich.
»Nein, lass sie!« Mein Vater hob energisch die Hand. »Sie erzählt nur, was sie weiß.«
Mam schüttelte den Kopf. Sie sah aus, als ob sie gleich anfangen würde zu weinen. »Tom ist unser Gast. Du kannst ihn doch nicht einfach . . .«
Im Flur klingelte das Telefon lange und anhaltend.
»Warum . . .«, fuhr meine Mutter aufgeregt fort. »Warum bist du nicht zu uns gekommen und hast uns davon erzählt?«
»Weil du mir nie zuhörst! Weil du dich einen Scheiß darum kümmerst, wie es mir geht. Die ganzen Monate, seit Mike . . . seit Mike ertrunken ist, hast du kein einziges Mal gefragt, wie es mir geht.« Ich sprang auf. »Ich weiß noch etwas und alle sollen es erfahren. Mike war gar nicht mein Bruder. Ihr habt uns immer nur angelogen. Mike hat es gewusst. Deshalb ist er nach

Australien gegangen.« Ich holte tief Luft. Das Telefon schrillte laut im Flur, doch niemand bewegte sich. Alle starrten mich entsetzt an. »Warum sollte ich ausgerechnet euch etwas erzählen? Vielleicht seid ihr ja auch nicht meine richtigen Eltern.«
Dann rannte ich aus dem Zimmer, den Flur entlang, wo ich entfernt wahrnahm, wie der Anrufbeantworter ansprang und jemand englisch sprach.

Ich riss die Haustür auf, schnappte mir mein Fahrrad und floh.

Ich fuhr einfach los.

Immer geradeaus, die Straße entlang.

Nun, da alles verworren, unklar, rätselhaft war, hatte sich der Nebel aufgelöst.

Der Himmel – er war einfach nur blau.

Ein zu schöner Tag, um von zu Hause wegzulaufen.

Alles Lüge

Ich fuhr mit dem Gefühl die Straße entlang, ich müsste alle Erwachsenen bestrafen. ALLE! Vor allem Pa, Mam und – so wurde mir klar, während ich erbittert in die Pedale trat – Carlottas Vater! Denn er hatte mich dazu gebracht, ihnen all diese Dinge ins Gesicht zu schleudern. Obwohl ich wusste, es würde meine Eltern verletzen, Jamaicas Geheimnisse preisgeben und – vielleicht – Tom zu Unrecht beschuldigen.

Zum Teufel, sollte der Berger doch seine eigene Tochter, sollte er Carlotta fragen, was sie und ihre Ghostriders über Lisa wussten. Die waren doch die Freaks, die eigentlichen Spinner, total ausgeflippt und irre!

Was hatten sie im alten Hotel zu suchen gehabt? Warum hatten sie dort geputzt? Und dann immer diese Heimlichkeiten, diese merkwürdige Sprache, in der sie miteinander redeten.

»Wir haben keine Schuld«, hörte ich wieder die Stimme in dem alten Hotel.

Und plötzlich wusste ich, wohin ich fahren würde: zu Carlotta. Ich hätte das schon viel früher machen sollen. Doch verletzter Stolz hatte mich daran gehindert. Carlotta hatte sich schließlich für Ruven und gegen mich entschieden.

Ich wollte ihr Fragen stellen, wie ihr Vater mir. Warum sie geweint hatte, warum sie schweigen musste. Wer an dem Tag im alten Hotel bei ihr gewesen war. Und was sie an dem Abend nach dem Tanzkurs wirklich gemacht hatten.

Darum sollte die Polizei sich kümmern! Und nicht um Finns Rollerspuren. Aber vielleicht war das wie bei Lisa. Ein ganzes Dorf

suchte nach ihr, nur weil sie die Tochter des Bürgermeisters war. Und der Polizist verdächtigte seine eigene Tochter nicht! Sie hatten Lisa nach Hause gebracht – das hatte die Nachbarin bestätigt. Aber was hieß das schon?
Lüge, dachte ich, alles Lüge.
Ein Bild konnte ich nicht vergessen – Lisa war an dem Abend nicht etwa hinter Finn hergetrottet. Sondern hinter Ruven, Valerie und Carlotta. Wie ein Schaf.

Ich trat in den Flur und wagte nicht, Frau Berger in die Augen zu sehen, denn sie begrüßte mich mit strahlendem Lächeln.
»Sofie, du warst ja lange nicht mehr hier. Carlotta ist in ihrem Zimmer. Sie freut sich sicher, dich zu sehen.«
»Ist sie allein?«, fragte ich möglichst ruhig.
»Ja, nach dem gestrigen Abend ist sie ziemlich müde und . . .« Sie senkte die Stimme. »Weißt du es schon? Lena Schuster ist heute Nacht verschwunden. Das belastet sie sehr. Erst Lisa und jetzt Lena.«
Ich nickte, wobei ich vermied, ihr in die Augen zu sehen. Stattdessen zog ich die Schuhe aus und stellte sie an die Garderobe.
»Möchtest du etwas trinken?«
Ich schüttelte den Kopf.
»Du kennst ja den Weg, auch wenn du lange nicht hier warst. Ich habe nie verstanden, was Carlotta eigentlich an dieser Valerie findet.«
Ich hätte ihr gerne erklärt, dass nicht Valerie der Grund war, weshalb wir uns auseinandergelebt hatten, sondern Ruven. Weil Carlotta hoffnungslos in ihn verknallt war. Aber davon erzählt man Eltern nichts. Auch nicht Carlottas Lieblingssatz: »Ich würde alles für Ruven tun.«
»So verliebt könnte ich nie sein«, hatte ich ihr widersprochen.
»Dann weißt du nicht, was Liebe ist.«

Ich klopfte leise an die Zimmertür, an der ein Schild mit einem Phönix hing, wartete jedoch nicht, bis Carlotta mich hereinbat.

Leise Gitarrenmusik war zu hören. Eine hohe Frauenstimme sang eine Melodie. Seit Carlotta zu den Ghostriders zählte, hörte sie ständig diese Mittelaltermusik. Historock nannten sie es, während Jamaica spottete – Musik für die Gruftis aus dem Musikantenstadl.

Das Zimmer hatte sich total verändert. Den Boden bedeckte ein bunter Flickenteppich und auf dem Schreibtischstuhl lag ein braunes Schaffell. Anstelle der Poster von Avril Lavine und Kylie Minogue hingen Poster mit Elfengestalten an der Wand, die den Titel trugen: Liebe deine Fantasy.

Ich ging einfach zum Regal und schaltete die Musik aus.

Das hätte ich nicht machen sollen.

Carlottas Gesicht verfärbte sich weiß und sie starrte mich an – ihr Blick war gläsern. Hatte sie Drogen genommen? Mir schien inzwischen nichts mehr unmöglich.

»Ich muss dich sprechen.« Ich ließ mich auf das Schaffell fallen.

»Hast du mich erschreckt!«

»Was ist mit Lisa passiert?«, fragte ich ohne Vorwarnung. »Du weißt etwas. Ich habe dich weinen gehört. Gestern Abend auf dem Klo. Irgendwas ist passiert und ich möchte es wissen.«

Carlotta brach in Tränen aus.

Ich wartete ungeduldig.

Sie schluchzte in ihr Kopfkissen. Das Geräusch klang dumpf und sie bekam kaum Luft, konnte sich einfach nicht beruhigen. Es blieb mir nichts anderes übrig, als mich zu ihr aufs Bett zu setzen. Langsam streichelte ich ihren Rücken, bis mir selbst die Tränen kamen, doch ich schluckte sie hinunter.

Immer nur Geheule, dachte ich.

»Hör auf«, sagte ich schließlich entschieden. »Dein blödes Ge-

flenne bringt nichts.« Ich redete plötzlich wie Jamaica. Es fühlte sich nicht einmal so schlecht an.
Langsam beruhigte sich Carlotta, obwohl ihr Rücken noch immer vor unterdrücktem Schluchzen zuckte.
»Mann, ich hol deine Mutter, wenn du nicht endlich aufhörst zu heulen. Wir haben keine Zeit. Ich muss wissen, was mit Lisa passiert ist!«
Endlich richtete sich Carlotta auf. Ihr Gesicht war aufgequollen, sah aus wie der Hefeteig meiner Oma. Nichts war übrig von der Schminke, dem ganzen Make-up, der täglichen Maske.
»Warum schweigst du? Warum sagst du nicht einfach die Wahrheit?« Nein, ich gab nicht nach.
Sie zögerte.
»Wer war im Hotel neulich bei dir? Als du geweint hast?«
»Ich kann es dir nicht erklären«, begann sie.
»Vor wem fürchtest du dich? Mir kannst du es doch sagen, ich bin eine deiner ältesten Freundinnen. Wir hatte nie Geheimnisse voreinander, bis . . .«
Sie zuckte hilflos mit den Schultern.
»Ist es Finn?« Ich musste es endlich wissen. Konnte die Ungewissheit nicht länger ertragen. »Fürchtest du dich vor ihm?«
Fassungslos blickte sie auf. »Finn?«
Und dann völlig erstaunt: »Was hat der damit zu tun?«
Das Gefühl der Erlösung war überwältigend. Ich fühlte mich so erleichtert – ehrlich, ich war in diesem Moment sicher zu schweben. Bis Carlottas verzweifelter Gesichtsausdruck mich wieder zurück auf den Boden brachte.
»Es ist Ruven, oder?«
Sie nickte.
Ich sprang auf, rannte hektisch hin und her, bis ich entschieden vor ihr stehen blieb. »Aber warum? Was kann er dir denn tun?«

Carlotta kämpfte erneut gegen die aufsteigenden Tränen: »Er sagt, das kostet meinem Vater den Job.«
»Aber . . .?«
»Er kann nicht länger als Polizist arbeiten, wenn . . .«
»Wenn was?«
»Wenn alle die Wahrheit erfahren . . .«
»Wovon verdammt noch mal redest du? Welche Wahrheit?«, schrie ich.
»Es war doch nur ein Spiel«, schluchzte Carlotta laut. »Nur ein Spiel, sonst nichts.«
Schlagartig verstand ich: »Du meinst, du weißt, wie Lisa gestorben ist? Habt ihr etwas damit zu tun?«
»Was soll ich machen, Sofie? Was wird mein Vater sagen? Er ist Polizist . . .«, sie holte tief Luft, »und ich eine Mörderin!«
Abrupte Stille.
Ich starrte sie an.
»Mörderin?«
Sie nickte. Nun liefen die Tränen das Gesicht herunter, ohne dass sie einen Laut von sich gab. Es war schlimmer, als hätte sie weiter so erbärmlich geschluchzt.
»Wir haben Lisa im Wald allein gelassen, einfach liegen gelassen. Obwohl sie sich nicht mehr gerührt hat.« Nun flüsterte sie. »Und, oh Gott, Sofie, wir haben noch gelacht, weil Ruven meinte, sie sähe aus wie Dornröschen. Aber bei ihrem Aussehen würde sie auch nach hundert Jahren keiner wach küssen.« Vor Aufregung begann sie an den Fingernägeln zu kauen. »Ich schäme mich so.«
»Dafür ist es nun zu spät.«
»Ich halte das nicht aus!«
»Fang an!«, befahl ich. »Ich möchte alles wissen.«
Zitternd holte sie tief Luft. »Wir waren zusammen im Eiscafé, wie wir gesagt haben. Lisa hat Ruven dort wieder einmal be-

kniet, sie in unsere Gruppe aufzunehmen. Und Ruven – er hat plötzlich zugestimmt. Aber es sollte noch in dieser Nacht passieren.«

»Dann habt ihr Lisa gar nicht nach Hause gebracht?«

Carlotta schüttelte unglücklich den Kopf.

Jetzt verstand ich gar nichts mehr.

»Aber die Nachbarin hat doch Lisa vor der Haustür gesehen.«

»Das stimmt ja auch. Lisa ist nach Hause gefahren, um das weiße Kleid zu holen, das sie tragen sollte. Ruven behauptete, das müsse sein, damit das Ganze möglichst echt wirkt.«

Ich hatte nicht wirklich eine Ahnung, was sie meinte, dennoch schwieg ich, damit sie weitersprach.

»Wir haben im Hotel auf sie gewartet. Ehrlich, wir haben nicht damit gerechnet, dass sie wirklich kommt. Aber plötzlich stand sie vor uns in diesem weißen Kleid.« Carlotta holte tief Luft und dann brach es aus ihr heraus. »Es war nur ein Scherz, verstehst du? Wir dachten wirklich, sie hätte viel zu viel Angst, in der Dunkelheit alleine mit dem Fahrrad zu fahren. Du weißt ja, wie ängstlich sie war.«

Ich nickte. »Aber ihr wusstet doch, dass sie unbedingt zu euch gehören wollte.«

Carlotta seufzte. »Als Lisa kam, war sie total panisch. Sie keuchte richtig.«

»Und dann?«

»Dann erklärte Ruven ihr die Mutprobe.«

»Welche Mutprobe?«

»Sie sollte die ganze Nacht alleine im Wald verbringen. Am nächsten Morgen würde Ruven dann vorbeikommen, sie würde so tun, als wasche sie ihr Kleid . . .«

»Du meinst, ihr habt die Sage vom Waschstein nachgespielt?«, unterbrach ich Carlotta.

Sie nickte stumm.

»Und sie sollte dort die ganze Nacht bleiben? Seid ihr wahnsinnig? Sie muss sich ja zu Tode gefürchtet haben!«
Zu Tode gefürchtet!
Ich hatte es so dahingesagt.
»Warum habt ihr Lisa dieses Zeug gegeben? Diese K.-o.-Tropfen?«
»Ich wusste doch nicht, was wirklich in dem Becher war.«
»Welcher Becher?«
»Lisa hat sich fürchterlich aufgeregt. Sie wollte nicht allein im Wald bleiben. Sie hat gebettelt, Ruven soll sich etwas anderes ausdenken. Aber er meinte, er würde ihr einen Trank mixen, der ihr Fähigkeiten verlieh, es durchzustehen.«
Ich runzelte verständnislos den Kopf. »Hat sie das geglaubt?«
»Darum geht es nicht. Es gehörte einfach zum Spiel, zu den Regeln. Jedenfalls hat sie den ganzen Becher leer getrunken und dann sind wir alle durch den Gespensterwald zum Waschstein gelaufen.«
Plötzlich erinnerte ich mich wieder. Ich hatte die leere Medikamentenpackung im alten Hotel liegen sehen. »In dem Trank waren K.-o.-Tropfen.«
»Ehrlich, Ruven wollte nicht, dass das passiert. Sie sollte sich doch nur beruhigen, aber dann . . .« Carlotta flüsterte nur noch. Ihr Entsetzen hing im Raum und übertrug sich auf mich. »Unterwegs ist Lisa zusammengebrochen. Ganz still lag sie da. Hat sich nicht mehr bewegt.«
»Und ihr seid einfach weggelaufen?«
Sie gab keine Antwort.
»Ihr hättet meinen Vater holen müssen.«
»Ruven meinte . . .«
»Ruven?«, schrie ich. »Hast du keinen eigenen Kopf, den du zum Denken benutzt?«
Wieder heulte Carlotta los. »Ruven rief: ›Nichts wie weg!‹ Ich bin

einfach hinterhergerannt. Als wir wieder im Dorf waren, meinte er, Lisa würde nur schlafen. Die Tropfen seien völlig ungefährlich. Am nächsten Tag würde sie aufwachen und sich freuen, dass sie die Mutprobe bestanden hat.«

»Das ist verrückt! Ihr habt es die ganze Zeit gewusst und geschwiegen.« Ich konnte nicht aufhören, entsetzt den Kopf zu schütteln. »Du hast einfach die Klappe gehalten. Das ist abscheulich und grausam!«

»Aber es war ein Unfall! Und ich habe es doch geschworen!«

»Ach Scheiße, wem hast du denn geschworen? Ruven! Wer ist das schon? Ein fieser Wichtigtuer, der sich permanent aufpisst! Und einer, der gefährlich ist, noch dazu!«, zischte ich wütend.

Plötzlich kam mir ein Gedanke und mir wurde eiskalt.

»Was ist mit Jamaica? Sie hat euch belauscht! Was hat Ruven mit ihr angestellt? Hat er ihr auch diese Tropfen gegeben? Wo ist sie?«

Carlotta schüttelte den Kopf. »Damit haben wir nichts zu tun. Ich weiß wirklich nicht, wo Jamaica ist. Ich schwöre es.«

Ich starrte sie an. Ich hatte das Gefühl, dass sie die Wahrheit sagte, aber konnte ich mich noch auf meine Gefühle verlassen?

»Und Ruven? Bist du sicher, dass er es auch nicht weiß?«

Sie zögerte nicht: »Er weiß genauso wenig wie ich, wo Jamaica ist.«

Wir schwiegen einige Minuten, bis ich mich erhob.

»Was soll ich denn jetzt machen?«, flüsterte Carlotta.

Ich wandte mich zu ihr. »Sprich mit deinem Vater«, sagte ich. »Sofort. Ich kenne mich da nicht so aus, aber ich glaube, was ihr gemacht habt, nennt man unterlassene Hilfeleistung. Du musst mit ihm sprechen.«

»Ich kann das nicht.«

Ich ging zur Tür. »Doch, Carlotta«, sagte ich mit festerer Stimme, als mir zumute war. »Er wird es verstehen.«

Adventure Level III

Es war bereits vier Uhr am Nachmittag, als ich Carlotta verließ. Die Zeit verflog zu schnell. Ausgerechnet jetzt, wenn ich sie anhalten wollte.

Ich versuchte, Jamaica auf dem Handy zu erreichen. Immer wieder wählte ich vergeblich ihre Nummer. Es war sinnlos. Sie hatte ihr Telefon ausgeschaltet, der Akku war leer oder . . . Diesen Gedanken packte ich irgendwohin in die dunkle Kammer meines Kopfes, wo auch die Angst saß.

Um gegen die Panik anzukämpfen, trat ich mit aller Kraft in die Pedale. Ich hatte keine Richtung, keinen Plan, kein Ziel. Vorbei an der Schule, wo gestern der Abschlussball stattgefunden hatte; vorbei am Gemeindehaus, wo in meiner Erinnerung alles angefangen hatte; vorbei am Eiscafé, wo ich durch die große Fensterscheibe einige meiner Klassenkameraden sitzen sah.

Hätte ich nur einen Menschen, mit dem ich alles besprechen, der mir helfen könnte. Kurz – jemandem, dem ich vertraute.

Ich bog in die Hauptstraße ein, die direkt zum Restaurant führte. Drei Polizeifahrzeuge kamen mir mit Blaulicht entgegen. Suchten sie nach Finn?

Aber ich wusste jetzt: Er trug keine Schuld an Lisas Tod. Das musste ich ihm sagen. Er musste mir eine zweite Chance geben.

Und – auch das verstand ich: Ich brauchte seine Hilfe. Finn würde mir helfen, Jamaica zu finden.

Jamaica, ach, warum nur musstest du so neugierig sein und dich in Dinge einmischen, die dich nichts angehen?

Die frisch gestrichene Fassade des Restaurants leuchtete in der Sonne derart hell, dass mir die Augen brannten. Der Parkplatz war bis auf den letzten Platz besetzt.

Bei diesem Wetter zog es die Ausflügler ans Meer. Viele ließen hier das Auto stehen, um zu Fuß durch den Gespensterwald bis zum Strand zu wandern. Einige von ihnen kehrten bereits wieder zurück.

Die Uhr auf meinem Handy zeigte halb fünf.

Ich stellte das Fahrrad auf dem Hof ab und betrat das Restaurant. Als ich den Weg in die Küche einschlug, hörte ich jemanden rufen.

»Suchst du das Klo?« Einer der Küchenangestellten stand auf dem Hinterhof neben einer Mülltonne und rauchte.

Ich schüttelte den Kopf. »Ich wollte zu Finn Jansen.«

»Damenbesuch?« Er pfiff durch die Zähne und deutete auf die Treppe hinter mir. »Da musst du hochgehen. Die wohnen im ersten Stock.«

»Danke.«

»Aber wahrscheinlich ist er nicht da, ich habe ihn weggehen sehen. Seine Mutter ist in der Küche, wenn du sie fragen willst.« Er warf die Zigarette zu Boden und trat sie aus. »Sie muss heute bedienen. Eine ihrer Kellnerinnen ist ausgefallen. Irgendwas mit ihrer Tochter.«

Im ersten Moment war mir nicht klar, dass er damit Jamaica meinte. Als ich es begriff, erschreckte mich seine Gleichgültigkeit.

Ich stieß die Tür zur Küche auf. Ein Geruch nach zerkochtem Gemüse, nach Bratfett, nach Fisch schlug mir entgegen.

Finns Mutter trug eine lange weiße Schürze. Die Haare unter einem weißen Kopftuch versteckt, rührte sie in einem riesigen silbernen Kochtopf. Dann nahm sie mit dem Kochlöffel eine Probe und kostete das Ergebnis der weißen Soße.

Als sie mich bemerkte, winkte sie mich ungeduldig zu sich: »Möchtest du probieren? Der erste Spargel in diesem Jahr!«
Ich schüttelte den Kopf. Die Gerüche reichten aus, um mir Übelkeit zu verursachen.
»Du bist die Tochter vom Doktor!« Sie schaute mich freundlich an.
Ich nickte.
»Und mit Jamaica befreundet, stimmt's?«
»Ja.«
Sie schüttelte seufzend den Kopf. »Schrecklich! Wirklich furchtbar! Das ist eine Welt, in der wir leben. Man denkt, hier auf dem Land sind die Kinder sicher, und dann verschwinden sie einfach.« Sie brach ab. »Wenn du Finn suchst, er ist nicht da.«
»Wissen Sie, wo er ist?«
Sie zuckte mit den Schultern. »Er hatte seine Kamera dabei, deswegen denke ich, er wollte fotografieren. Ich könnte mir vorstellen, dass er bei dem Wetter im Wald unterwegs ist. Endlich mal ein anderes Licht und nicht nur Nebel. Soll ich ihm sagen, dass du hier warst?«
Ich schüttelte den Kopf. »Nein, ich suche ihn selbst.«
Sie warf einen Blick durch die großen Fenster nach draußen. »Er kann überall sein.«
»Egal.« Ich wandte mich um.
»Ich habe kein gutes Gefühl, wenn du alleine unterwegs bist.«
»Kein Problem!«
»Wissen deine Eltern, wo du bist?«
»Klar!«
Sie betrachtete mich misstrauisch.
Wie leicht es mir inzwischen fiel zu lügen. Es war ganz einfach. Dennoch war ich unglücklich darüber. Gab es denn niemanden, mit dem man einfach reden konnte? Plötzlich konnte ich Carlotta verstehen. Die Wahrheit war manchmal nicht einfach.

Der Gespensterwald war nicht besonders groß, er erstreckte sich nicht mehr als eineinhalb Kilometer bis zum Meer. Aber wie ich Finn einschätzte, würde er sicher nicht auf den Hauptwegen bleiben.

Ich stieg auf das Fahrrad und fuhr los.

Ich hatte nicht mehr als zweihundert Meter zurückgelegt, als ich hinter mir ein Auto hörte. Automatisch fuhr ich näher an den Straßenrand, um es vorbeizulassen. Doch der Wagen drosselte sein Tempo und folgte mir langsam.

Ein Ausflügler, der auf den Parkplatz einbiegen wollte?

Ich trat fester in die Pedale und fuhr an der Einfahrt vorbei, fest damit rechnend, dass der Fahrer links abbog.

Doch ich täuschte mich.

Der Wagen bremste scharf, als ich anhielt, um abzusteigen. Ungeduldig wandte ich mich um und erkannte Mikes grünen VW-Käfer.

Tom!

Einige Minuten starrten wir uns gegenseitig durch die Windschutzscheibe an. Nun, wenn er mit mir reden wollte, hatte er Pech. Ich jedenfalls hatte nicht das Bedürfnis. Entschlossen stieg ich wieder auf das Rad, während Tom den Motor ausschaltete und ausstieg. Laut knallend fiel die Wagentür ins Schloss, während er auf mich zukam.

»Wohin willst du?«, fragte er bestimmt.

Vielleicht hätte ich ihm sogar geantwortet, doch etwas an seinem Gesichtsausdruck gefiel mir ganz und gar nicht. Er kniff die Augen merkwürdig zusammen. Sein Adamsapfel – eine kleine Kugel, die aufgeregt in seiner Kehle auf- und abtanzte.

»Du spionierst mir also nach?«, flüsterte er und dieses Flüstern jagte mir Angst ein.

Instinktiv wich ich zurück. Was war mit ihm? Was wollte er wirklich hier? Was spielte er nur für ein Spiel mit uns?

»Ich«, zischte er nun, »ich bin Gast in eurem Haus. Du jedoch verrätst mich?«
»Was willst du?«, schrie ich. Aus den Augenwinkeln sah ich, wie eine Gruppe von Ausflüglern uns neugierig beobachtete, dann jedoch weiterging.
»Nichts anderes als dein Bruder sein.«
Ich fühlte mich einsam und schutzlos.
»Ich habe nur einen Bruder«, erwiderte ich möglichst ruhig. »Mike.«
»Bruder?«, lachte er spöttisch, ja geradezu höhnisch. »Deine Eltern haben ihn adoptiert.«
»Woher wusstest du das?«
»Er selbst hat es mir erzählt. Bei seiner Ankunft war er total mit den Nerven fertig. Er hatte gerade von der Adoption erfahren und wollte so weit wie möglich weg von zu Hause. Wie gut, dass er mich traf. Ich habe ihm das Zimmer bei meiner Mutter besorgt. Wie froh er war, sich alles bei mir von der Seele reden zu können. Wirklich, er war ein psychisches Wrack, sagte immer wieder: ›Wenn ich nicht einmal meinen eigenen Eltern vertrauen kann, wem dann?‹« Tom wechselte ins Englische, seine Worte waren hektisch und aufgeregt und ich hatte Mühe, ihn zu verstehen. »Er hat nur gejammert! Dass er doch immer nur so werden wollte wie sein angeblicher Vater – Medizin studieren, die Praxis übernehmen und für immer hier leben.«
»Er wollte zurückkommen«, widersprach ich heftig.
»Nur wegen dir! ›Sofie soll es von mir selbst erfahren‹, hat er ständig gesagt. Mann, er war so ein Idiot! Er wollte nichts geschenkt bekommen, auf eigenen Beinen stehen. Er hat nie erlebt, wie es ist, wenn man nichts geschenkt bekommt. Das war sein Problem! Er lebte in einem Schloss und beschwerte sich, weil er nicht wusste, wer seine richtigen Eltern waren.« Er lachte spöttisch. Seine Hände zitterten, als er sich an die Stirn griff.

»Manchmal ist es besser, man kennt seine richtigen Eltern nicht.«

»Er war kein Idiot, sondern . . .«

Er unterbrach mich wütend auf Deutsch: »Wie sagt man? Das Leben auf dem Silbertablett bekommen, von goldenen Löffeln essen. Das hat er gelernt, während meine Eltern . . . schon mein Vater hat sich zu Tode gesoffen und meine Mutter ist nicht mehr weit entfernt davon. Sie verdient ihr Geld damit, bei anderen Leuten zu putzen und Zimmer an Ausländer zu vermieten, die Abenteuer erleben wollen. Wie Mike! Er wollte auswandern! Nach Australien! Möglichst weit weg, meinte er, ans andere Ende der Welt!«

Mike, warum hast du mir die Wahrheit nicht geschrieben? Warum hast du diesem Fremden mehr vertraut als deiner Schwester?

»Verstehst du eigentlich, was das bedeutet – coincidence, fate? Zufall? Schicksal?«, fragte Tom plötzlich mit ruhiger, zu ruhiger Stimme.

Ich schüttelte den Kopf.

»Nein?« Er stockte kurz, holte Luft und stieß hervor: »Du lügst!«

»Ich lüge nicht!«, widersprach ich heftig.

»Sie hat es dir erzählt!«

»Wer?«

»Das Schloss hat einmal meiner Familie gehört.«

Die Panik stieg in mir hoch. Sie kroch von den Zehenspitzen über die Beine nach oben, breitete sich über den ganzen Körper aus, schnürte mir die Luft ab.

Mike, hast du dich so gefühlt, als du kurz davor warst zu ertrinken?

Meine Stimme krächzte, als ich fragte: »Welches Schloss?«

»Euer Schloss. Ich habe die Urkunden gesehen. Es gehörte früher der Familie Rosenthal.«

Rosenthal? Wo hatte ich den Namen gehört?
In meinem Kopf arbeitete es fieberhaft.
»Das war meine Familie.« Toms Zeigefinger stieß immer wieder in seine Brust. »Ja, meine Familie stammte aus dieser Gegend. Und hat das hier aufgegeben für ein sinnloses Abenteuer am anderen Ende der Welt.«
War er verrückt? Anders konnte es nicht sein.
»Ich wollte dich kennenlernen: Mike's clever little princess!« Während er weitersprach, wusste ich wieder, woher ich den Namen Rosenthal kannte.
Jamaica!
Ich erinnerte mich plötzlich. Sie war in Toms Zimmer gewesen und hatte mich gefragt: »Wer ist Rosenthal?«
»Wo ist Jamaica?«, fragte ich.
Tom begann zu lachen. Er konnte nicht mehr aufhören.
»Des Rätsels Lösung . . .«, sagte er, »liegt in der dunklen Vergangenheit.« Er lachte erneut und presste die Hände an die Schläfen, als leide er unter starken Kopfschmerzen.
»Sag mir, wo sie ist!«, bat ich ihn.
»Der Zufall«, sprach er weiter, »der Zufall hat mich Lisa finden lassen und ich habe verstanden: Mein Weg ist richtig!«
Seltsam, dass ich mich bewegen konnte, obwohl ich völlig erstarrt war.
Ich wandte mich um.
Da war so ein Gefühl von Zeitlupe.
Ich wollte einfach nur weg.
Doch ich konnte nur in den Wald fliehen.
Geradeaus losrennen.
In das Dunkel.
Mir schien, der Wind, der nun einsetzte, trieb mich voran.
Über mir die schrillen Rufe der Wildgänse.
Der Nebel war zurückgekehrt.

Ins Dunkel

Im ersten Moment konnte ich nicht viel erkennen: Grauer Dunst überzog den Himmel wie ein schmutziger schwerer Stoff, bis meine Augen sich an das düstere Licht gewöhnten. Je tiefer ich in den Wald kam, desto kahler wurden die Stämme. Über mir versperrten dichte Baumkronen den Blick zum Himmel. Das Gras zu beiden Seiten des Weges war gelb, weil ihm das Licht fehlte. Früher hatte es Mike und mir riesiges Vergnügen bereitet, die seltsamsten Tiere in den verkrümmten, vom Seewind verdrehten Stämmen zu entdecken. Nun hörte ich wieder unsere Stimmen, die laut im Wald widerhallten, wenn wir uns Fantasienamen zuriefen: Wolfskrododil, Hirschbär, Rüsselkuh, Affenkrähe.

Ich trat wie wahnsinnig in die Pedale, um schneller voranzukommen.

Weit konnte ich nicht mehr vom Strand entfernt sein. Ich hörte schon das Meer rauschen. Laut schlugen die Wellen gegen die Steilküste.

Ich fuhr weiter, verlor jedes Zeitgefühl.

Der Wald schien endlos.

Ich konnte nichts hören außer meinem Atem und dem Rauschen des Blutes in meinen Ohren.

Trotz des Windes, der durch die Bäume pfiff, vernahm ich die Schritte hinter mir.

Äste knackten.

Und Toms Stimme rief meinen Namen: »Sofie! Sofie! Ich finde dich.«

Ich sprang vom Fahrrad, warf es zu Boden und wandte mich nach links, rannte zwischen den Bäumen durch. Äste schlugen mir ins Gesicht, Dornen verhakten sich in meiner Kleidung. Ich riss die Jacke mit einem heftigen Ruck los, stolperte und stürzte.

Steh wieder auf und lauf, Sofie, lauf!

Ich wusste nicht einmal, warum ich rannte. Tom hatte mir nicht gedroht, nichts darüber gesagt, dass er wusste, was mit Jamaica passiert war. Ich lief vor einem Phantom davon. Einem Phantom in Toms Gestalt.

Der Nebel wurde immer dichter. Er schlich zwischen den Bäumen umher, dämpfte alle Geräusche, ließ formlose Gespenster auftauchen.

Ein Vogel flog mit lautem Flügelschlag aus dem Geäst eines Baumes und stieß einen Schrei aus. Das Blut hämmerte in meinen Schläfen, ich rannte und rannte.

Plötzlich wusste ich, wo ich mich verstecken konnte – in der Höhle – einer Einbuchtung im Kliff, die Jahr für Jahr größer wurde durch die Kraft der Wellen.

Du bist im Vorteil, redete ich mir ein. Du kennst dich hier aus. Es ist nicht mehr weit.

Weiße Nebelfetzen hingen in den zerklüfteten Felsen der Steilküste und die feuchte Luft bedeckte Gesicht und Hände. Ich kam am Strand nur langsam voran, da die Füße im feuchten Sand versanken. Als ich in der Ferne einige Spaziergänger erkannte, beruhigte ich mich etwas.

Der Eingang zur Höhle befand sich knapp drei Meter über dem Strand. Der kalte, feuchte Stein des Felsens bereitete beim Hochklettern Probleme. Meine klammen Finger suchten nach Rissen und Vorsprüngen, in denen die Füße Halt finden konnten. Müde vom Laufen, schaffte ich es kaum, mich hochzuzie-

hen, während ich gleichzeitig immer wieder einen Blick zurückwarf, um Ausschau nach Tom zu halten.
Da war niemand. Nur die Spaziergänger, weit, weit entfernt.
Hatte er die Verfolgung aufgegeben? War er mir überhaupt gefolgt?
Endlich stand ich auf dem Felsvorsprung direkt vor dem Eingang. Ein schwarzes Loch starrte mir entgegen, aus dem Kälte strömte. Unwillkürlich wich ich zurück. Doch dann ließ ich mich auf die Knie fallen, kroch über den feuchten Boden ins Innere der Höhle und ließ mich aufatmend gegen die Wand fallen. Das Tosen der Wellen, der Wind und mein Herz, das so laut schlug, dass ich glaubte, die Wände der Höhle hallten davon wider.
Wie lange hatte ich so gesessen?
Lange!
Ich spürte, wie ich zur Ruhe kam. Endlich allein! Endlich konnte ich in Ruhe nachdenken. Niemand war da. Niemand wusste, wo ich war. Ich schloss erschöpft die Augen.
Und dann hörte ich es!
Ein dumpfer Laut aus dem hinteren Teil der Höhle, wo es stockfinster war.
Wie ein Tier.
Das Blut gefror mir in den Adern.
Ich drückte mich gegen die Wand, schloss die Augen, versuchte wegzuhören, öffnete sie wieder, um ins Dunkel zu starren. Mein Herz, gerade zur Ruhe gekommen, verfiel erneut in seinen dumpf schlagenden Rhythmus.
Dann raschelte es, etwas schleifte am Boden. Und wieder dieses Geräusch. Es klang wie ein Stöhnen. Die Sage von der Frau mit dem weißen Kleid fiel mir ein!
»Alles Quatsch«, sagte ich laut vor mich hin. »Schwachsinn! Hendriks Gruselgeschichten, das Geschwätz alter Leute.«

Dann wurde der dumpfe Ton lauter. Wieder dieses schleifende Geräusch am Boden. Die Angst kroch den Rücken hinunter. Was sollte ich tun?
Unwillkürlich schob ich mich in Richtung Höhlenausgang. Draußen fiel die Dämmerung über das Meer. Nicht mehr lange und es wurde dunkel. Eine schwachsinnige Idee, hierher zu kommen. Ich sollte so schnell wie möglich an den Strand, unter Leute. Ich kroch nach vorne, um aus der Höhle zu klettern, als ich einen Schrei hörte. Nein, eigentlich war es kein Schrei, mehr ein dumpfes Stöhnen.
Ich nahm meinen ganzen Mut zusammen. »Ist da jemand?« Ein unterdrückter Laut, als antworte mir jemand.
Dann wehte ein Windstoß das Geräusch weg.
»Ist da jemand?«, wiederholte ich.
Ja, die Antwort kam sofort – ein einziger Ton, lange und anhaltend.
Ich nahm all meinen Mut zusammen und rutschte auf dem Boden langsam nach hinten. Meine Hand tastete sich auf dem nassen, glitschigen Untergrund vorwärts. Ich rechnete jeden Moment damit, dass etwas über meine Hand huschte, Spinnen die Arme hochkrabbelten, eine Fledermaus, die sich panisch in meinen Haaren verhedderte.
Eine Taschenlampe, dachte ich, ich brauche Licht.
Dann fiel mir etwas ein. Ich zog das Handy aus der Tasche, aktivierte das Display, das schwach in der Dunkelheit aufleuchtete. Besser als nichts. Auch wenn ich nicht wirklich etwas erkennen konnte, allein der schwache Lichtschimmer machte mir Mut. Zentimeter für Zentimeter kroch ich weiter.
Bis in der nächsten Sekunde meine Hand etwas berührte.
Es fühlte sich weich an.
Ich bildete mir ein, jemand murmele meinen Namen, sofern man dies aus dem unterdrückten Stöhnen erkennen konnte.

Eines jedoch wurde mir schlagartig klar: Vor mir lag ein Mensch.
Entsetzt sprang ich auf. Mein Kopf stieß gegen die niedrige Decke der Höhle. Der Schmerz durchfuhr mich so heftig, dass ich vor Schreck das Handy fallen ließ. Es lag mit dem Display zur Seite und im schwachen Lichtschein konnte ich etwas glitzern sehen: Jamaicas Ohrring, den sie am Abschlussball getragen hatte.
»Jamaica?« Meine Stimme zitterte. Ich brachte vor Panik kaum einen Ton heraus.
Ein unterdrückter Schrei antwortete mir.

Nur fünf Minuten

Mein Handy tastete Jamaica ab wie ein Scanner. Im spärlichen Licht erkannte ich immer mehr Einzelheiten: die zerrissene Strumpfhose, die schmutzige hellgraue Winterjacke, Pailletten, die sich vom Stoff gelöst hatten; dann ihre zusammengebundene Füße, gefesselte Hände und schließlich das Gesicht. Augen, die vor der lächerlichen Helligkeit erschraken, mich gleichzeitig entsetzt und erleichtert anstarrten.

Jamaica bewegte sich nun unruhig und gab Geräusche von sich, die nicht länger wie ein Stöhnen klangen, sondern ungeduldig.

Ich erkannte sofort, warum. Jemand hatte sie geknebelt! Ihr Mund war mit einem breiten Klebeband verschlossen. Mehrfach war es um ihren Kopf gewunden wie bei einer Mumie und trug die Aufschrift: Vorsicht, Glas.

Mit zitternden kalten Fingern versuchte ich sie zu befreien, was nicht einfach war. Das Band klebte fest an der Haut und hatte sich im dichten Haar verfangen. Immer wenn ich daran riss, stöhnte Jamaica vor Schmerzen.

Beruhigend sprach ich auf sie ein: »Ich weiß, es tut weh, aber es ist gleich vorbei. Halte noch ein wenig durch.«

Ihre Antwort klang nicht gerade freundlich, bis ich begriff, warum. Wenn ich erst ihre Hände befreite, konnte sie selbst das Klebeband lösen.

Wenige Sekunden später, als sie endlich wieder ihre Finger bewegen konnte, zog sie zitternd das Klebeband vom Mund, ohne Rücksicht darauf, dass sie ein Büschel Haare mit sich riss.

Hatte sie überhaupt einmal geweint, während sie so dagelegen hatte? Ich weiß es nicht. Aber das Erste, was sie sagte, als sie wieder sprechen konnte, war: »Das Schwein bring ich um.«
»Wen?«
»Tom. Crocodile Dundee.«
Mein Herz fühlte sich plötzlich eisig an wie der felsige Boden unter mir und die Wut, die mich erfüllte, war mir fremd. Was ich bisher Wut genannt hatte, war nicht mehr gewesen als lächerliche Empörung. Nein, jetzt empfand ich Erbitterung, Zorn und einen Hass, der mich mein Leben lang verfolgen würde.
Nur eine Frage ging mir die ganze Zeit im Kopf herum, während Jamaica und ich uns umarmten.
Warum?
»Kannst du aufstehen?«, fragte ich Jamaica, die nun versuchte, Beine und Arme zu bewegen.
»Ich glaube, ich werde mein Leben lang im Rollstuhl sitzen. Aber egal, versuchen wir es.«
Unter der niedrigen Felsendecke hatte sie Probleme, sich aufzurichten. Doch sie schaffte es.
»Ich verstehe es nicht«, sagte ich. »Warum hat er das getan?«
Jamaica schüttelte den Kopf. »Ich will erst raus hier.«
In diesem Moment hörten wir eine laute Stimme, die sagte: »Sorry girls. To late!«
Gelähmt vor Schrecken, wandten wir den Blick Richtung Ausgang. Toms Schatten zeichnete sich vor dem Horizont ab.
Es war zu dunkel, um ihn genau zu sehen, doch seine Stimme war unverkennbar.
Einige Minuten lang blieb er am Eingang stehen, dann rutschte sein Schatten an der Wand entlang nach unten, wo er in der Hocke verharrte.
Ich griff nach Jamaicas Hand und drückte sie fest.
»Lass uns gehen«, sagte ich.

Müde wandte er mir den Kopf zu. »Shut up, little princess«, murmelte er.
»Wir haben dir nichts getan!«
»That isn't the question.«
Seine Hände fassten sich an die Schläfen. Ich kannte diese Bewegung bereits. Das Zeichen, dass ihn Kopfschmerzen quälten.
»Was wolltest du Jamaica antun?«, fragte ich. »Sie einfach hier liegen lassen?«
»Ihr Tod hätte doch genau gepasst.« Mich fröstelte, als er bei diesen Worten laut auflachte.
»Was meinst du?«
»Sobald sie tot gewesen wäre, hätte ich sie zu derselben Stelle gebracht, wo ich Lisa gefunden habe.«
»Lisa?«
»Zwei tote Mädchen hier am Arsch der Welt. So etwas kann schließlich kein Zufall sein. Man hätte nach demselben Täter gesucht, oder? Keiner wäre auf mich gekommen.«
Er lachte erneut seltsam heiser.
»Aber warum?« Ja, ich wollte es wirklich verstehen, wie immer den Dingen auf den Grund gehen.
Im Gegensatz zu Jamaica, die jetzt fluchte: »Fuck, stell ihm keine Fragen. Es interessiert mich einen Scheiß, warum er durchgeknallt ist. Er ist einfach nur ein Psychojunkie, verstehst du? Der muss andere quälen, um sich gut zu fühlen.«
»Shut up«, hörte ich Tom ruhig antworten.
»Lass uns gehen, Tom«, bat ich mit meiner Schwesterstimme, die für Mike reserviert war.
Er schüttelte den Kopf. »Ich kann nicht.«
»Warum nicht?«
»I had a dream. A good dream for a bad boy.« Er lachte erneut auf.
Ein guter Traum für einen bösen Jungen.

Was meinte er damit?
In diesem Moment drückte Jamaica fest meine Hand, wollte mir signalisieren, dass sie etwas vorhatte. Mir blieb keine Zeit zu überlegen, denn sie hechtete nach vorne. Ich dachte, sie würde sich auf Tom stürzen, doch stattdessen erreichte sie den Ausgang und sprang drei Meter in die Tiefe.
Jamaica ließ mich alleine zurück, ließ mich im Stich. Meine Gedanken überschlugen sich. Ich aber war hier gefangen mit jemandem, der offenbar in einer Welt aus Gedanken lebte, die genauso gut von Außerirdischen erdacht sein könnten.
Ich fühlte mich hoffnungslos verloren, während Tom vor sich hin fluchte.
In der Praxis meines Vaters hing ein Plakat zur Akupunktur. Zig Nadeln steckten im Kopf. Genauso fühlte ich mich.
Du musst etwas unternehmen, nicht einfach nur dasitzen.
Sag etwas!
Tu etwas!
Mach's wie Jamaica – hau einfach ab.
Doch ich war nicht Jamaica.
Kein Outlaw.
Ich war die Vernünftige.
Die Ruhige.
»Was willst du nun tun?«, hörte ich meine Stimme in der Dunkelheit. Ich musste laut sprechen, um die Wellen der Ostsee zu übertönen, die unaufhörlich an die Steilküste brandeten.
»Weißt du, dass ich ihn gefunden habe?«
»Was?«
»Den Schatz!«
»Welchen Schatz?«
»Silber, Geschirr, Bilder.«
Ich hatte keinen blassen Schimmer, wovon er sprach.
»Er war an einer anderen Stelle im Park vergraben als auf Mikes

Plan. Nicht, wo die Eiche stand, sondern ganz hinten an der Mauer. Unter dem hohlen Baum.«

»Mike?«

»He was a good guy.«

Ein schrecklicher Gedanke nahm in mir Gestalt an.

»Du weißt, was mit ihm passiert ist.«

»Du auch.«

»Nein.«

»Sein Grab liegt in den Tiefen des Pazifischen Ozeans. Er ist beim Tauchen ertrunken. Die Polizei hat heute bei euch angerufen. Sie haben einen Teil seiner Taucherausrüstung gefunden. Das Mundstück war abgerissen.«

»Was hast du mit ihm gemacht?«, schrie ich.

Toms Lachen – ein unheimliches Geräusch in der Finsternis, im nächsten Moment vom Wind weggeweht.

»His death will be a mystery«, kicherte er, »a beautiful secret.«

Plötzlich begriff ich: Tom war schuld an Mikes Tod, doch um keinen Preis würde er das Geheimnis preisgeben. Es würde keine Spuren geben, keine Beweise.

Ich hörte, wie er sich erhob. Panisch rutschte ich tiefer in die Höhle.

»You have a problem, little princess«, rief er und stand nun in einem solchen Winkel in der Höhle, dass die Wände das Echo zurückgaben: problem princess, problem princess.

Dann hörte ich einen tiefen Seufzer.

So etwas wie einen Stoß.

Tom ging in die Knie, sackte einfach in sich zusammen, dann rührte er sich nicht mehr.

Was war los?

»Hier hat nur einer ein Problem«, hörte ich Jamaicas Stimme. »Und das bist du, Crocodile Dundee!«

»Jamaica?«

»Hast du etwa gedacht, ich lasse dich im Stich?«
Klar hatte ich das gedacht, hatte ich doch in den letzten Tagen gelernt, niemandem mehr zu vertrauen.
»Du hättest auf mich warten sollen«, erklang eine andere Stimme, die mein Herz schneller schlagen ließ, »dann hättest du mich im Restaurant getroffen.«
Finn!
»Was wäre dann aus mir geworden?«, protestierte Jamaica. »Ich wäre hier verrottet!«
»Wenigstens«, sagte ich, »hattest du einmal im Leben ein schönes Kleid an.«
Komisch, keiner von uns lachte.

Magnetismus

Wie dieser Tag endete?
Verwirrend, obwohl so viele Fragen beantwortet wurden.
Jamaica und ich wurden ganz dramatisch von Rettungssanitätern mit einer Trage aus der Höhle gerettet. Obwohl wir versicherten, dass wir völlig okay seien und zu Fuß gehen könnten. Aber vielleicht hatte Finn ja auch recht, als er meinte, er könne kein Risiko eingehen. Wir stünden beide unter Schock und seien völlig unterkühlt. In der Höhle waren es bestimmt nicht mehr als vier Grad.
Und so ließen wir uns mit dem Krankenwagen nach Hause fahren.
Inzwischen, so erklärte mein Vater später, wusste das ganze Dorf über Lisas Tod Bescheid. Carlotta war tatsächlich zu ihren Eltern gegangen und hatte alles erzählt. Sie, Valerie und Ruven wurden immer noch von der Polizei befragt. Aber Pa versicherte, dass es ein Unfall gewesen war.
»Sie wollten doch nicht, dass Lisa stirbt«, erklärte ich aufgeregt. »Sie tun mir wirklich leid.«
»Mir nicht«, widersprach dagegen Jamaica. »Schließlich muss man für seine Fehler einstehen.«
»Genau«, erklärte ihre Mutter, die gemeinsam mit Mam voller Sorge in unserer Küche gewartet hatte. »Und deswegen gehst du auch persönlich zu dem Geschäftsführer von H&M und bringst ihm das Geld für das Kleid. Das Geld kannst du in der Küche des Restaurants abarbeiten.«
Jamaicas verzweifelter Blick suchte meinen Vater: »Dr. Fischer,

Sie als mein Hausarzt können doch sicher meiner Mutter bestätigen, dass ich nach dem Schock für längere Zeit nicht arbeitsfähig sein werde. Ach ja«, fügte sie grinsend hinzu, »und wenn Sie dasselbe vielleicht auch gleich dem Dunkelmann mitteilen könnten?«
Sie lachte und vielleicht war ich die Einzige, die spürte, dass sie tatsächlich so etwas wie einen Schock erlebt hatte. Schließlich hatte genau der sie töten wollen, den sie glaubte zu lieben.
Tom!
Ja, ich wusste, was in ihr vorging, wie es sich anfühlte, den zu fürchten, den man zu lieben glaubt.
Zum Abschied umarmten wir uns. Und als Jamaica betont cool sagte: »Du hast mir das Leben gerettet, das werde ich dir nie vergessen«, sah ich tatsächlich Tränen in ihren Augen. Sie glitzerten wie feine Kristalle hinter den schwarzen Wimpern.

Eine Stunde später lag ich in einem Nachthemd meiner Mutter, das nach Lavendel duftete, und mit einer Wärmflasche im Bett. Allein das zeigte mir, dass meine Welt völlig außer Kontrolle geraten war.
Mein Vater hatte mir ein Beruhigungsmittel gegen den Schock geben wollen, doch ich hatte entsetzt abgelehnt. Zu deutlich war die Erinnerung an Lisa und daran, dass ähnliche Tropfen ihr das Leben gekostet hatten.
Allein in meinem Zimmer kam der Schock tatsächlich verspätet. Toms überraschtes Gesicht, als Finn auf ihn losging, ihn einfach bewusstlos schlug, ohne dass er sich wehrte. Wie er regungslos und gekrümmt auf dem Boden der Höhle gelegen hatte, während Finn meinen Vater mit dem Handy benachrichtigte.
Die Polizei und mein Vater rückten gerade an, als Tom wieder zu sich kam – und irgendwie wurde ich das Gefühl nicht los, dass er froh war, dass es vorbei war. Vielleicht aber war es auch anders und er konnte sich nur nicht wehren, denn am Ende schrie er vor

Kopfschmerzen. Sie hatten ihn in eine Klinik eingeliefert. Nicht in ein normales Krankenhaus, sondern in die Psychiatrie.
Konnte man einen Schock überwinden, wenn immer noch die Zähne klapperten, die Übelkeit in Wellen durch den Körper lief und man permanent zitterte?
Wenn man das Gefühl hatte, nie wieder Wärme spüren zu können? Nirgends!
Nicht im Körper, nicht in dem Haus, in dem man wohnte, und schon gar nicht in der Welt.
Ich wünschte, Jamaica wäre hiergeblieben.
Mit ihrem Humor, ihrer Stärke, ihrem unbedingten Willen, allen Ereignissen den – sorry! – Mittelfinger zu zeigen.
Nun betraten meine Eltern das Zimmer, hielten sich an der Hand, was mir peinlich war.
Jetzt kommt sie also, dachte ich spöttisch, die Stunde der Wahrheit.
»Ich glaube, wir müssen reden«, sagte Pa.
Ich setzte mich auf und verschränkte die Arme vor der Brust. Es schien mir zu früh für Harmonie. »Ich nicht.«
»Gib uns eine Chance, dir alles zu erklären.«
Ich bemerkte die Tränen in Mams Augen und schluckte meine eigenen hinunter.
»Wie willst du deine Lügen erklären?«, fragte ich.
»Wir haben Mike geliebt.«
»Ich weiß.«
»Er war unser Sohn.«
»Und ich?«, fragte ich bitter. »Bin ich euer richtiges Kind, oder . . .?«
»Ja, das bist du«, nickte mein Vater. »Ich kann es dir beweisen mit deiner Geburtsurkunde.«
Ein kurzes unmerkliches Zögern, dann setzte sich Mam zu mir aufs Bett.

»Liebe macht nicht immer alles richtig.« Aus ihrer Stimme hörte ich Verzweiflung und den Wunsch, ich möge ihr verzeihen. »Und . . .«, sie suchte nach den richtigen Worten. »Gerade, weil . . . weil Mike nicht unser eigenes Kind war . . . wollte ich versuchen, ihm das Gefühl zu geben, dass die wahre Herkunft keine Rolle spielt. Dass ich ihn um seiner selbst liebte.«
Sie hatten vergessen, wie schlau ich war. »Warum habt ihr ihm dann nicht die Chance gegeben, auch euch um eurer selbst zu lieben? Ihr hattet doch nur Angst vor den Problemen, oder? Er hätte nach seinen richtigen Eltern gesucht. Das wolltet ihr nicht. Das ist so feige. Ihr seid feige!«
»Nein, so war es nicht.« Pa schüttelte den Kopf. »Mikes Eltern, Philip und Nina, sind bei einem Autounfall gestorben, als Mike erst vier Jahre alt war. Sie waren unsere besten Freunde und wir Mikes Taufpaten. Verstehst du, wir hatten Philip und Nina versprochen, uns um Mike zu kümmern, falls ihnen etwas zustoßen sollte.« Mam begann zu weinen. »Was hätte ihm die Wahrheit genutzt? Sie hätte ihn nur ein Leben lang belastet.«
Ich spürte, wie sich etwas in mir regte. Wie sich die Hände vor meiner Brust lösten. Ich hatte mit einer anderen Geschichte gerechnet.
»Und als ich erfuhr, dass Mike verschwunden, wahrscheinlich ertrunken war?« Nun schluchzte meine Mutter, dennoch sprach sie weiter. »Ich habe nicht auf ihn aufgepasst, obwohl ich es Nina versprochen hatte. Ich habe ihn nicht beschützt, ich habe ihn gehen lassen.«
»Hast du ihm die Wahrheit erzählt, als er das mit der Adoption herausfand?«
»Ja.«
»Warum hat er es mir dann nicht erzählt?«, schrie ich laut und konnte mich nicht mehr beruhigen. »Er hätte es mir sagen müssen! Ich habe ein Recht darauf! Aber er hat dasselbe gemacht

wie ihr – mich in dem Glauben gelassen, er sei mein Bruder. Er hat mich belogen wie ihr! Und jetzt ist er tot.«

Mein Vater griff nach meiner Hand. Sie fühlte sich steif in seiner an. »Siehst du nicht, dass er sich für denselben Weg entschieden hat wie wir? Er wollte, dass du seine Schwester bleibst.« Die Stimme meines Vaters war ganz ruhig, als er fortfuhr. »Aber er hatte vor, es dir nach seiner Rückkehr zu erzählen.«

»Ha«, stieß ich hervor. »Ihr könnt mir alles erzählen. Aber ob ich es glaube, ist meine Entscheidung.«

»Ich kann es beweisen.«

»Wie denn?«

Er zog ein Blatt aus der Jackentasche. »Das hat er mir an dem Morgen geschrieben, bevor er zum Tauchen aufgebrochen ist.«

Mein Herz schlug schnell und heftig. Ich hatte geglaubt, Mikes letzte Nachricht hätte ich erhalten.

»Möchtest du es lesen?«

Ich nickte und nahm das Blatt entgegen, faltete es auf, strich es sorgfältig glatt.

»Alleine«, sagte ich bestimmt. »Ich möchte es alleine lesen.«

»In Ordnung.«

Meine Mutter erhob sich zögernd. »Bist du sicher?«

»Ja.«

Brisbane, Mike
Morning of January 19th, 2007
Stimmung: Klar
Zitat des Tages: Es hat keinen Sinn davonzulaufen.

Habe lange über alles nachgedacht. Die Dinge sind, wie sie sind. Die Wahrheit ist unverrückbar. Ich habe euch vorgeworfen, mich belogen zu haben. Ja, ich war verdammt wütend auf euch. So wütend, dass ich keinen größeren Wunsch hatte, als

mich, so weit wie es ging, von euch zu entfernen. Nicht einmal Australien schien weit genug. Ich bin tauchen gegangen, wieder und wieder, bildete mir ein, ich könnte unter Wasser klarer sehen. Ist natürlich Unsinn. Hier finde ich nicht, was ich suche. Aber was suche ich eigentlich? Nichts anderes als das, was ich hatte.
Wisst ihr, dass ich oft von euch geredet habe? Klar, Tom stellt immerzu Fragen über euch. Er ist wie besessen von Deutschland. Aber ich habe gerne erzählt, konnte manchmal gar nicht aufhören. Und so habe ich erst bemerkt, wie nah ihr mir immer noch seid, wie sehr ihr mir fehlt. Ich habe mich entschieden. Ich komme wie geplant am 30. April zurück. Dann werde ich Sofie alles erklären. Ob sich etwas ändern wird, weiß ich nicht, nur: Ich freue mich, nach Hause zu kommen!

Mike

Als ich es gelesen hatte, musste ich weinen, bis ich vor Erschöpfung einschlief.
Ich wurde wach, als ich eine Berührung spürte. Nein, keine Berührung. Oder hatte ich mir nur eingebildet, dass es ein Kuss war?
Verwirrt öffnete ich die Augen.
Draußen vor dem Fenster schien die Sonne. Der Himmel war strahlend blau. Vor meinem Bett stand Finn.
»Ich musste kommen und sehen, wie es dir geht.«
»Gut«, erwiderte ich automatisch.
»Lügner«, sagte er und beugte sich zu mir hinunter.
Magnetismus ist wirklich eine tolle Sache!
Kann ich nur jedem empfehlen!

Krystyna Kuhn

Das Tal – Season 2

Band 1: **Der Fluch**
978-3-401-06607-3

Band 2: **Das Erbe**
978-3-401-06610-3

Band 3: **Die Jagd**
978-3-401-06633-2

Band 4: **Die Entscheidung**
978-3-401-06728-5

Arena

Auch als E-Books erhältlich
Als Hörbücher bei Lübbe audio

Jeder Band:
Klappenbroschur
www.das-tal-lesen.de
www.arena-verlag.de

Krystyna Kuhn

978-3-401-50576-3

Schneewittchenfalle

Stella und ihr Vater sind auf eine Nordseeinsel gezogen. Ihr Vater, um zu vergessen. Stella, um sich zu erinnern. Denn Stella hat bei dem Autounfall, bei dem ihre Mutter ums Leben gekommen ist, ihr Gedächtnis verloren. Doch dann geschehen Dinge auf der einsamen Insel, die Stellas schlimmste Alpträume wahr werden lassen. Und bald ahnt sie, dass ihre Erinnerungen der Schlüssel zu einem ungeheuerlichen Geheimnis sind ...

978-3-401-50578-7

Märchenmord

Eigentlich hatte Gina nur gelangweilt aus dem Fenster gesehen. Doch als sie dann im Haus gegenüber einen Mord beobachtet, steht ihre Welt plötzlich Kopf. Denn die Leiche ist kurz darauf auf mysteriöse Weise verschwunden und niemand glaubt ihr. Keine Leiche, kein Mörder, nur eine Zeugin – die einzige Zeugin. Bildet sie sich die Schatten, die ihr folgen, nur ein?

978-3-401-50579-4

Aschenputtelfluch

Idyllisch liegt das Internat Ravenhorst in einem Seitental. Doch als sich eine der Schülerinnen vom Glockenturm stürzt, wandelt sich die Idylle in einen Albtraum. Warum hat sich Kira in den Tod gestürzt? Jule, eine der Neuen im Internat, macht sich auf die Suche. Aber sie stößt bei ihren Mitschülern auf eine Mauer des Schweigens. Bis sich die Ereignisse zu wiederholen scheinen.

Arena

Auch als E-Books erhältlich
Als Hörbücher bei Arena audio

Jeder Band:
Arena Taschenbuch
www.arena-verlag.de